Iyéwa

Louis Camara

roman

AUTEUR

Louis Camara, « le conteur d'Ifa », est né à Saint-Louis du Sénégal. Sa carrière littéraire débute en 1996 avec la parution de *Le choix de l'Ori* (réédité chez Amalion 2015) consacré Grand prix du président de la république pour les lettres. Camara est l'auteur de plusieurs ouvrages parmi lesquels le conte pour enfants *Kankan le maléfique* (2000), *Le tambour d'Orunmila* (2003), *Il pleut sur Saint-Louis* (2007), *Au-dessus des dunes* (2014). Il a également adapté en français le roman yoruba de D.O. Fagunwa sous le titre *La forêt aux mille démons* (2009).

Iyéwa

Louis Camara

ÉDITIONS AMALION

© Amalion 2017

Éditions Amalion
BP 5637 Dakar-Fann
Dakar CP 10700
Sénégal
http://www.amalion.net

Première édition publiée en 1998 par Xamal, Saint-Louis, Sénégal.

ISBN 978-2-35926-050-2 (broché)
ISBN 978-2-35926-051-9 (ebook)

Conception de la couverture par Theo Petroni

Image de la couverture et l'intérieur après l'oeuvre Ẹsẹ Idayé
(2014) par Moses Ogunleye. Collection privée.

Conception de l'intérieur par Amalion

À Juliette Doroy

Eternelle est l'âme des ancêtres
L'eau de la pirogue en mouvement clapote sans repos
L'eau de la pirogue clapote
Elle ne s'éparpille pas au loin…
Divination d'Ifa fut accomplie pour Odua
Qui descendit du ciel sur la terre
Le long d'une chaîne de fer
Divination d'Ifa fut accomplie pour le Babalawo
Dont la voix murmurante
Glissa dans nos oreilles attentives
La pathétique histoire d'Iyéwa
Celle qui épousa Orunmila l'élu de la sagesse
Et prince de tous les devins d'Ifa…

ORUNMILA

Lorsqu'il eut atteint la maturité et fut en âge de se marier, Orunmila, le sage de la colline d'Igeti, maître de la parole et prince des devins d'Ifa, décida de prendre femme. Mais avant, il se fit un devoir d'en aviser tous les Babalawo d'Ife-Oodayè et prit bien soin de consulter Ifa, afin qu'aucune des prescriptions d'usage qu'il convient d'observer avant l'accomplissement de cet acte sacré ne lui échappât.

Il exécuta le plus scrupuleusement du monde toutes les recommandations d'Ifa et accomplit le rituel propitiatoire avec une extrême minutie et une parfaite précision.

Lorsque tout cela fut fait dans les règles de l'art, Orunmila entama sa visite des maisons et cours princières, à la recherche de la perle rare qui deviendrait son épouse.

Il fut partout bien accueilli, reçu avec tous les honneurs dus à son rang et put ainsi voir et apprécier un grand nombre de jeunes filles toutes aussi belles, toutes aussi gracieuses les unes que les autres.

Il n'avait donc que l'embarras du choix et demeura longtemps perplexe et songeur, car, bien qu'il lui fût alors possible d'avoir plusieurs femmes, il projetait de n'en épouser qu'une seule. Aussi voulait-il que sa future compagne fût non seulement d'une remarquable beauté, mais également pétrie de toutes ces autres qualités qui font d'une femme le complément idéal d'hommes exceptionnels tels que lui-même.

Il hésita encore très longtemps après ses nombreuses visites, mais en fin de compte, sa perçante intuition lui fit jeter son dévolu sur Iyéwa, l'unique fille cadette des enfants d'Olowo, le roi de la cité d'Owo.

Iyéwa, l'heureuse élue, était une jeune fille d'une rare beauté, au teint couleur d'huile de palme nouvelle ; grande et svelte, mais aussi bien enveloppée. Elle avait de jolis yeux noirs fendus en amande et surmontés de longs cils qui accentuaient sa grâce toute naturelle et qui, lorsqu'elle baissait pudiquement la tête, lui donnait un air de biche effarouchée.

Elle portait un magnifique pagne confectionné dans une étoffe rare et, sous sa camisole richement brodée pointait une poitrine généreuse aux beaux seins arrondis et fermes.

Séduit, Orunmila la demanda en mariage à Olowo. Ce dernier lui accorda la main de sa fille avec joie et fierté, car c'était bien sûr un grand honneur, lui, que d'avoir pour gendre Orunmila, le prince de tous les devins, le représentant suprême d'Ifa sur terre.

Quant à Iyéwa, non moins comblée par cette demande, elle accepta avec transport de devenir la femme d'Orunmila.

Une somptueuse cérémonie suivie d'un magnifique festin fut aussitôt organisée en l'honneur des nouveaux mariés qui reçurent d'innombrables et riches présents.

Toutes les grandes figures de la cité d'Owo : les membres de l'Ogboni, les princes de sang, les dignitaires de la cour, le conseil des anciens, les vieux sages, assistèrent à la cérémonie.

Un groupe de devins accomplit les rites propitiatoires destinés à attirer la chance et la protection des orishas sur le couple. Des hymnes d'action de grâces furent chantés en l'honneur des nouveaux mariés et, pour finir, un divin les aspergea d'eau lustrale.

Suivirent des festivités qui durèrent six jours et six nuits. Le bon peuple d'Owo but et mangea jusqu'à satiété et dansa jusqu'à l'ivresse au son des tambours, des flûtes et des cymbales. La bière de mil, le vin de palme et la liqueur de maïs de Guinée coulèrent à flots et l'on goûta toutes sortes de mets exquis et délicats. Chanteurs et poètes rivalisèrent d'ardeur et composèrent d'admirables couplets en l'honneur des nouveaux mariés.

Au soir du sixième jour de fête et alors que l'on était au sommet de l'allégresse, les demoiselles de compagnie d'Iyéwa vinrent la chercher pour la conduire jusque dans la demeure de son mari où devait se dérouler la première nuit de noces.

Plein de joie mais serein, Orunmila attendait sans impatience excessive l'instant où il allait se glisser près de sa jeune femme dans la couche nuptiale. Son cœur était parfaitement calme et lorsqu'Iyéwa, accompagnée de ses amies, arriva dans sa belle maison perchée au-dessus de la colline d'Igeti, il l'accueillit fort solennellement, avec toute la sérénité mais aussi toute la générosité qu'un homme tel que lui se devait de déployer dans une pareille circonstance.

Mais contrairement à la coutume, Orunmila ne retint pas les suivantes d'Iyéwa et, le soir venu, les congédia toutes, à leur grande surprise, leur demandant de le laisser seul avec sa femme. Elles obéirent sans mauvaise grâce, conscientes qu'elles n'avaient rien à ajouter aux paroles du prince des devins, et après d'émouvants adieux à Iyéwa, leur douce amie, s'en retournèrent avec un peu de tristesse au fond du cœur.

Quand elles furent parties, Orunmila prit sa femme par les épaules et la poussa doucement dans la chambre conjugale au milieu de laquelle trônait un grand lit en bois précieux recouvert de somptueuses étoffes. La chambre était richement décorée et exhalait une agréable odeur d'essences aromatiques et de parfums rares.

« Mon aimée, voici votre chambre. Mettez-vous donc à l'aise », lui dit-il d'une voix calme. La jeune femme sourit timidement et sans plus attendre s'étendit avec volupté sur le grand lit conjugal pendant que son mari, la quittant pour un instant, alla prendre le bain rituel préalable à toute première nuit nuptiale. Lorsqu'il eut fini avec ces ablutions propitiatoires, Orunmila croqua une petite noix d'orogbo, but une gorgée de gingembre aromatisé et rejoignit dans la chambre Iyéwa, qui l'attendait sagement. S'étendant à ses côtés, il la prit dans ses bras et se mit à la bercer comme une enfant, la couvrant de baisers et lui soufflant de douces paroles à l'oreille. Iyéwa, qui était encore vierge, avait très peur et tremblait de tous ses membres, ne sachant comment s'y prendre, ni ce qui allait arriver. Mais Orunmila, homme plein d'expérience et imbu de science, sut la mettre en confiance et la cajola si bien qu'elle finit par oublier sa frayeur et succomba au plaisir des caresses qu'il lui prodiguait avec passion.

Lorsqu'il la sentit chaude et gagnée par le désir, Orunmila la souleva de ses bras vigoureux et, délicatement, la déposa dans une position différente sur la couche moelleuse et parfumée. Iyéwa frémissait comme une jeune biche en fièvre. Les yeux mi-clos, la bouche entrouverte, les jambes légèrement écartées, elle attendait qu'Orunmila vienne s'unir à elle, ne faire avec elle qu'une seule et même chair dans le silence de cette chambre douce et accueillante, au cœur de cette nuit fraîche qui les envelopperait de son manteau velouté de ténèbres.

Orunmila, tendu comme un arc, était également brûlant de désir et son cœur battait plus fort.

« N'ayez crainte, je ne vous ferai aucun mal... », murmurat-il à l'oreille d'Iyéwa.

Il s'allongea doucement à côté de la jeune fille et toucha sa nudité offerte, caressant suavement sa peau onctueuse dont tous les pores semblaient s'être dilatés et transpiraient d'une fine sueur.

Orunmila passa tendrement son bras sous le cou délicat de sa jeune femme, prêt à accomplir l'acte conjugal, à lui faire découvrir l'incomparable plaisir de l'amour et à l'entraîner dans le vertige de délices inconnus d'elle.

Mais à ce moment précis, des coups violents et répétés ébranlèrent la porte de la chambre, interrompant son élan. Surpris, mais toujours maître de lui, Orunmila s'arracha de l'étreinte d'Iyéwa, sauta à bas du lit conjugal, prit un pagne et le noua rapidement autour de ses reins.

Puis il fit un signe à sa femme encore toute brûlante de l'ivresse du désir, qui se leva à son tour et, avec des gestes de somnambule, alla se rhabiller.

Lorsqu'il ouvrit la porte, Orunmila se trouva nez à nez avec un homme à la chevelure tout ébouriffée et poussiéreuse. L'homme était essoufflé et semblait avoir accompli une très longue course. Hors d'haleine, il se jeta aux pieds du prince des devins et, avant même que ce dernier n'ait eu le temps d'ouvrir la bouche pour l'interroger, il parla tout d'une traite.

« Seigneur Orunmila, auguste représentant d'Ifa, pardonnez ma si brutale et si coupable intrusion, mais les graves événements qui se déroulent en ce moment même à Oyan ne me laissaient guère d'autre choix. Il est urgent que vous veniez au plus vite remettre de l'ordre dans cette cité où règne la confusion la plus totale, car vous seul avez le pouvoir de le faire... »

Les bras croisés sur la poitrine, Orunmila scruta attentivement l'homme qui était toujours prosterné à ses pieds, avant de lui demander : « Que se passe-t-il précisément à Oyan ?

— Seigneur, répondit l'homme qui, de toute évidence, était un messager, le roi est mort voici plus de trois lunes et son fils aîné, qui devait lui succéder, a été empoisonné. Une terrible querelle de succession s'en est suivie, plongeant Oyan dans un chaos sanglant.

— Cela est très grave en effet, dit Orunmila en hochant la tête d'un air préoccupé, il faut aller tout de suite... ma présence est plus que nécessaire à Oyan... », ajouta-t-il d'une voix grave. Puis, se tournant vers Iyéwa qui se tenait debout, silencieuse, derrière lui : « Femme, préparez rapidement vos affaires, nous partons tout de suite pour Oyan. »

Sans mot dire, Iyéwa rassembla ses affaires et se prépara à suivre son mari.

Cette nuit-là même, Orunmila, accompagné de sa jeune femme, prit le chemin d'Oyan où ils arrivèrent presque à l'aube. Ils se rendirent aussitôt au palais du roi où l'on avait déjà préparé une chambre pour eux. Orunmila laissa sa compagne se reposer des fatigues du voyage et lui-même s'étendit un peu en attendant le lever du soleil. Mais ni lui ni sa femme ne purent trouver le sommeil à cause du sourd grondement des tambours de guerre et des cris sauvages qui résonnaient dans toute la ville, témoignant de l'âpreté des combats. Cependant, dès qu'ils apprirent qu'Orunmila se trouvait à l'intérieur des murs de leur cité, les belligérants décidèrent d'observer une trêve par respect pour celui que tous vénéraient et considéraient comme la vivante image d'Ifa Obarisha.

Lorsqu'il fit complètement jour, le prince des devins se rendit dans la grande salle d'audience du palais royal où l'attendaient le régent et tous les grands dignitaires de la cité. Il s'enquit de nouveau de la situation et s'entretint longuement avec les uns et les autres, écoutant chacun avec la plus grande attention pour pouvoir déceler ce qu'il y avait de vrai, de faux ou de partisan dans leurs paroles. Il tenait à se faire une idée assez précise de la situation avant de se séparer d'eux, à trouver le fil conducteur qui lui permettrait d'arriver à la vérité et à faire toute la lumière sur cette ténébreuse affaire.

Orunmila passa toute la journée dans la salle d'audience du palais et ne regagna la chambre qui lui était réservée, sa femme et lui-même, que fort tard dans la soirée.

Il trouva Iyéwa éveillée, étendue sur le grand lit en raphia et bois d'iroko. Elle avait l'air fatiguée et la mine anxieuse. Dès qu'elle vit son mari, elle sursauta de joie, courut se blottir dans ses bras; Orunmila l'enlaça tendrement et la souleva en la couvrant de baisers ; elle se serra très fort contre lui ; il la déposa sur le grand lit et s'étendit près d'elle. Cette nuit-là, Iyéwa perdit sa virginité et tomba enceinte.

Le lendemain de son arrivée à Oyan, Orunmila eut une nouvelle entrevue, cette fois avec les devins de la cité, pour examiner ensemble la situation et décider de ce qu'il y avait lieu de faire pour obtenir la nécessaire intercession des orishas. Ils accomplirent la divination d'Ifa et consultèrent Orisha Awo, le dieu du secret. Celui-ci leur révéla que cette guerre intestine qui minait et ensanglantait Oyan n'était en fait due qu'à un conflit opposant Ogun à Shango. Les deux divinités avaient profité de l'occasion que leur offrait la mort du souverain pour s'affronter et vider leur querelle par clans rivaux interposés.

Un sacrifice fut également prescrit par Ifa afin de favoriser la réconciliation des deux orishas belliqueux.

Ainsi, dix superbes béliers blancs furent immolés à l'autel d'Ogun, et dix autres de la même couleur sur celui de Shango en guise de sacrifice. Le vin de palme coula aussi à flots et servit de libation à Ogun qui appréciait particulièrement ce breuvage.

Cela fait, Orunmila organisa et dirigea une grande cérémonie religieuse au cours de laquelle furent observés tous les détails du rituel propitiatoire. Il déploya tout son art de la divination, usa de sa profonde connaissance des rites et de toute la puissance de sa force mystique afin d'apaiser la terrible guerre qui ravageait Oyan en apprivoisant le visage du dieu du fer, Ogun, et celui du dieu de la foudre, Shango. Il implora avec toute sa foi Agbamonrogun, celui qui sauve l'enfant et enterre Ogun, celui qui sait calmer les ardeurs belliqueuses pour apporter la paix.

Il dut également mettre en œuvre tout son sens de la diplomatie et tout son art de la persuasion pour convaincre les deux parties en conflit d'arrêter cette guerre fratricide et ces combats meurtriers qui risquaient d'anéantir Oyan.

Orunmila et sa femme séjournèrent à Oyan jusqu'à ce qu'il eût tiré la situation au clair en rétablissant la royauté légitime et que la paix fût enfin revenue dans cette cité. Il ne fallut pas moins d'une année pour cela et Iyéwa eut même le temps d'accoucher d'un beau garçon joufflu et potelé qui reçut le nom d'Amukanlodé-Oyan, en souvenir du passage de ses parents à Oyan. La naissance de ce premier enfant fut une très grande joie pour Orunmila et Iyéwa qui pleurèrent même de bonheur. Un fastueux baptême, auquel prirent part tous les habitants d'Oyan, fut célébré en l'honneur du nouveau-né. Puis lorsqu'il jugea que leur présence à Oyan n'était plus nécessaire, le prince des devins et sa femme retournèrent à Ife où Iyéwa continua d'allaiter l'enfant qui grandissait à vue d'œil.

Mais du jour au lendemain, cette paisible ambiance familiale fut de nouveau interrompu par un messager, venu cette fois de la cité d'Onko.

L'on réclamait de toute urgence la présence d'Orunmila dans cette ville menacée de destruction par un terrible fléau. Une fois de plus, Orunmila prit son bâton de pèlerin et se mit en route pour Onko, emmenant avec lui sa femme et leur enfant. Ils arrivèrent en pleine nuit dans cette ville où les attendait un terrifiant spectacle qui les fit frissonner d'horreur : en effet, les rues étaient jonchées de cadavres qui s'entassaient au seuil des maisons et auxquels l'on n'avait visiblement pas eu le temps de donner de sépulture. Partout résonnaient de lugubres cris de douleur et de désespoir, se mêlant à des lamentations funèbres et à des râles d'agonie. Iku la mort, elle-même, semblait avoir élu domicile dans Onko.

Voulant éviter de prolonger ce spectacle macabre, Orunmila conduisit rapidement Iyéwa et l'enfant à l'une des ailes du sanctuaire des devins d'Ifa où ils devaient séjourner. Ils furent chaleureusement accueillis par ces derniers qui les attendaient avec impatience, et lorsque la femme et son bébé furent bien installés, Orunmila s'entretint longuement avec les serviteurs d'Ifa qui le mirent au courant de la situation : Onko était la proie de la variole qui la ravageait impitoyablement depuis déjà plusieurs semaines. Elle menaçait de décimer la population tout entière et rien, ni sacrifices, ni offrandes, ni prières, ne semblait pouvoir atténuer sa virulence. Shanpona ! Lorsqu'il entendit prononcer ce mot terrible, Orunmila ne put s'empêcher de frissonner d'horreur. La variole était l'arme la plus redoutable d'Obaluayé, l'orisha écarlate qui, au moyen de lances, de peste et de fièvre, châtie sans pitié l'arrogance et l'immoralité partout où elles se manifestent de manière trop évidente.

Orunmila n'ignorait pas qu'Obaluayé était un dieu terriblement têtu et difficile à apaiser : « Il est difficile d'éteindre les braises ardentes en les piétinant », a-t-on coutume de dire en parlant de lui.

Toute la nuit, Orunmila posa des questions aux devins pour se faire une idée plus précise de ce qui avait bien pu provoquer Obaluayé dont la main ardente, destructrice s'était abattue avec toute sa violence sur Onko.

Ainsi, il apprit, de la bouche même des devins, que sous la houlette d'un prince insouciant, ami des plaisirs et jouisseur impénitent, cette ville jadis austère et laborieuse était tombée dans une irréversible décadence morale.

Irrité par les comportements des grands seigneurs de la cité qui ne respectaient plus aucune loi, mais aussi par les mœurs corrompues d'une population qui s'adonnait sans retenue aux vices les plus infâmes, Obaluayé avait déchaîné sa fureur vengeresse sur Onko.

Du jour au lendemain, sa colère destructrice avait ravagé la cité assoupie dans une torpeur lascive.

Les habitants d'Onko, abreuvés de sordides jouissances, avaient été surpris par la soudaineté et la brutalité de l'épidémie. En une seule journée, la variole avait emporté plus d'une centaine de personnes.

Avec une rapidité fulgurante, Obaluayé s'était rendu maître d'Onko dont il hantait à présent les rues désertes tous les midis, lorsque le soleil, parvenu à son zénith, est le plus brûlant. Suivi de ses farouches disciples tous vêtus d'écarlate, et muni de son shashara, son redoutable chasse-mouches, il répandait sur le sol devant lui des graines de njamati qu'il balayait ensuite en cercles s'élargissant à l'infini. Ces graines emportées par le vent avec leurs pouvoirs destructeurs se mêlaient à la poussière et libéraient chaque fois de nouvelles épidémies plus meurtrières les unes que les autres.

Tel était le redoutable pouvoir d'Obaluayé ! Tel était celui dont Orunmila devait apaiser le courroux avant qu'il ne décimât jusqu'au dernier habitant toute la population de la malheureuse cité d'Onko!

Orunmila ne rejoignit les siens qu'au petit matin, épuisé par l'entrevue et les discussions approfondies qu'il avait eues avec les devins d'Onko, sur la meilleure manière de calmer l'impitoyable Obaluayé.

Il dormit un peu, mais avant que le soleil ne fût très haut dans le ciel, il se leva et se remit à pied d'œuvre.

Il réunit à nouveau tous les devins du grand sanctuaire d'Onko pour une cérémonie religieuse propitiatoire au cours de laquelle furent chantés en l'honneur d'Obaluayé des hymnes destinés à l'adoucir et à apprivoiser son visage. Puis l'on procéda à l'incontournable divination d'Ifa à l'issue de laquelle Ifa se prononça sur les sacrifices à faire et sur les manières de les accomplir.

Selon le dieu, il fallait immédiatement égorger un taureau noir, et un bélier blanc les cinq autres jours suivants.

Au septième jour, aucun habitant d'Onko ne devait sortir de chez lui de l'aube à la nuit. Tous devaient dresser un autel pour Obaluayé et rester en prières jusqu'au soir.

Il fallait aussi planter aux quatre coins de la ville des cactus d'une espèce spéciale que des devins, dépêchés pour la circonstance, iraient chercher dans la cité de Ketou.

Enfin, au soir du septième jour, tous les grands seigneurs et dames de la cour devaient sacrifier leurs plus beaux habits et tous leurs bijoux qu'ils jetteraient dans un grand feu allumé à cet effet. Et l'oracle termina son message par cette terrifiante précision : « Tous ceux qui tenteraient de se soustraire à cette ultime obligation subiraient sans délai le châtiment d'Obaluayé.»

Au sortir de la divination, les Babalawo s'en allèrent trouver les chefs des différents clans de la ville pour les tenir au courant des mesures dictées par l'oracle. Ces derniers, à leur tour, en informèrent toute la population d'Onko et envoyèrent de rapides coursiers chercher les fameux cactus de Ketou.

Un gigantesque taureau noir fut aussi égorgé séance tenante dans la cour du sanctuaire d'Obaluayé et la terre s'abreuva abondamment du sang rouge et bouillonnant qui giclait à flots de son cou béant.

Quant au Oba Awolowo, principal instigateur de la débauche qui s'était emparée d'Onko, il fut tenu pour responsable de la situation et après avoir reçu la coupe d'œufs de perroquet, condamné à la mort par empoisonnement.

Le soir même de la sentence, le roi reçut sa coupe de poison. Il la but stoïquement, un sourire méprisant aux lèvres, et s'écroula, foudroyé, au pied du trône majestueux.

~~~

Au cours des cinq jours suivant le sacrifice du taureau, tout ce qui avait été prescrit par Ifa fut observé au pied de la lettre et minutieusement exécuté. Enfin, à l'aube du septième jour,

Onko se vida de toute présence humaine et devint aussi silencieux qu'un cimetière. Il n'y avait personne au-dehors, hormis les cadavres qui s'amoncelaient encore dans les rues et donnaient à la ville un aspect sinistre, terrifiant. A l'intérieur des maisons hermétiquement closes, les familles se pressaient à genoux autour des autels de fortune dressés à la hâte et chacun priait avec toute la ferveur contenue dans son cœur.

A la nuit tombante, les gens sortirent de leurs maisons momentanément transformées en sanctuaires et se dirigèrent vers le palais d'Oba Ademola, neveu et successeur d'Awolowo.

Juste en face du palais royal, l'on avait allumé un gigantesque bûcher qui crépitait furieusement pendant que ses hautes flammes léchaient et illuminaient la nuit noire de leur éclat rougeoyant.

Autour du bûcher et à distance respectueuse s'était rassemblée, hommes et femmes confondus, toute la noblesse d'Onko ; tous avaient la mine triste et défaite; quelques grandes dames de la cour pleuraient même, sans doute à la pensée de toutes les richesses qui allaient bientôt se consumer dans le feu.

A côté des nobles se tenait un groupe d'hommes vêtus de longues tuniques indigo, distincts par leur attitude très digne et solennelle, leur maintien réservé et la remarquable sérénité qui émanait de leur visages, de leur être tout entier : c'étaient les devins d'Ifa et, parmi eux, les dominant de sa haute stature, Orunmila, le maître de la colline d'Igeti.

La foule silencieuse des habitants d'Onko, comme figée dans une sorte de lugubre recueillement, attendait avec anxiété la suite des événements.

Tout à coup, fusant du lourd silence, une mélopée aux accents pathétiques s'éleva du groupe des devins, modulée par

une voix grave, puissante, pour aller se fondre dans l'air glacial de la nuit. C'était l'Asogba, le grand prêtre d'Obaluayé, qui entonnait une litanie de supplications :
Seigneur Obaluayé
Enfant de Nana Buruku
Maître du Shashara
Dispensateur d'épidémies
Tueur insatiable
Prends pitié de nous

Le chanteur isolé fut aussitôt repris en chœur par plusieurs autres voix toutes aussi belles que profondes :
Seigneur Obaluayé
Prends pitié de nous
Epargne-nous le châtiment
Orisha très Puissant
Nous t'en conjurons.

Les uns après les autres, les grands seigneurs et les grandes dames d'Onko s'avançaient vers le bûcher et, sous le regard médusé de la populace qui n'en croyait pas ses yeux, jetaient dans le feu ardent tissus, bijoux, parures, tout ce qu'ils possédaient de plus précieux et à quoi ils tenaient autant qu'à la prunelle de leurs yeux. Beaucoup s'en retournaient les larmes aux yeux désespérés. Tous avaient le cœur brisé, mais aucun n'osa enfreindre la règle de peur d'encourir le châtiment qui frapperait inévitablement ceux qui ne s'y plieraient pas.

Lorsque ce lugubre cérémonial fut enfin terminé, l'on fit encore quelques prières avant que les devins n'entonnassent le cantique final. Puis, toujours en silence, la foule reflua, s'éloignant du sinistre bûcher, et chacun rentra chez soi, la tête basse mais ayant au fond du cœur le secret espoir qu'Obaluayé, après tous ces douloureux sacrifices, consentirait enfin à laisser leur malheureuse cité en paix.

~~~

Orunmila, lui-même très éprouvé par tous les tragiques événements qu'il avait vécus depuis son arrivée à Onko, se hâta de rejoindre sa femme et son enfant, qu'il trouva profondément endormis. Il se jeta sur le lit à côté d'eux et sombra dans un profond sommeil.

Les prières, les sacrifices et, surtout l'intercession d'Ifa auprès d'Obaluayé furent couronnés de succès, car, quelques jours plus tard, alors que personne ne s'y attendait, l'obstiné destructeur se calma et, levant le siège, laissa Onko en paix après avoir emporté plus de la moitié de sa population.

La ville tout entière respira, soulagée, et Orunmila fut célébré comme son sauveur. Partout on louait son courage, sa perspicacité et sa grande science divinatoire qui étaient finalement venus à bout de Shanpona.

Libérée de la tyrannie d'Obaluayé (qui avait cependant chassé la corruption, purifié les consciences et assaini les mœurs, engendrant une renaissance morale et religieuse), Onko retrouva son visage paisible et sa sérénité d'antan. Iyéwa et son enfant s'y épanouissaient parfaitement. La jeune femme tomba même enceinte et mit au monde un deuxième garçon aussi beau que le premier. Il fut baptisé Amosunlonkoègi. La famille vécut à Onko jusqu'à ce que Iyéwa eût fini d'allaiter le bébé ; puis, le moment venu, Orunmila, Iyéwa et leurs deux nourrissons s'en retournèrent à Ife où ils étaient attendus avec impatience.

Quelque temps après leur retour dans la cité des dieux, Iyéwa se retrouva de nouveau enceinte et, au terme d'une grossesse paisible, accoucha une fois de plus d'un joli petit garçon, bien portant, auquel fut donné le nom d'Obolèboogun (plus tard, l'ancêtre de tous ceux qui travaillent la terre et se nourrissent de ses fruits et le premier de tous les adeptes d'orisha Oko).

Le couple se retrouvait ainsi avec trois enfants, trois petits garçons robustes et pleins de santé, et le bonheur s'installa dans la maison d'Orunmila.

~~~

Hélas pour Iyéwa, la félicité fut de courte durée, car elle n'avait pas fini de sevrer le dernier-né de ses enfants qu'Orunmila fut de nouveau appelé de toute urgence. Cette fois c'était au domaine d'Olokun, où siègent les Orishas, qu'il devait se rendre sur la demande d'Ifa lui-même !

Le voyage était long, parsemé d'embûches et parfois même périlleux ; aussi ne pouvait-il emmener sa femme et leurs enfants et, malgré les larmes et les supplications d'Iyéwa, Orunmila resta ferme sur sa décision et prit seul la route du ciel.

La séparation d'avec sa famille fut pénible et les adieux déchirants. Iyéwa pleura à chaudes larmes et son mari adoré fit de son mieux pour la consoler. La prenant dans ses bras, il la serra très fort contre lui. Il lui soufflait de douces paroles à l'oreille, lui disait de ne pas s'inquiéter, car il reviendrait très vite, dès que sa mission au ciel serait terminée.

C'était la première fois de sa vie qu'Iyéwa allait se retrouver toute seule, et cette idée l'emplissait d'amertume et de tristesse.

Orunmila promit fermement de revenir au bout de dix-sept jours au plus tard. Il laissa à la disposition d'Iyéwa des cauris à profusion, plus une grande quantité de nourriture et de vêtements qui leur permettraient, à elle et à leurs enfants, de vivre plus qu'aisément jusqu'à son retour.

La jeune femme fit mine de croire ce que disait son mari, mais au fond d'elle-même, elle était inquiète et de sombres pressentiments la tourmentaient. Néanmoins, elle n'en laissa rien paraître et réussit à surmonter son chagrin avant le départ d'Orunmila.

Ce dernier parti, Iyéwa se mit courageusement à la tâche, s'occupant avec amour de ses trois enfants et accomplissant avec zèle les travaux domestiques.

ONDAARO

Orunmila ne revint pas au bout des dix-sept jours qu'il avait fixés comme échéance et la pauvre Iyéwa était folle d'inquiétude.

Bientôt, un mois, puis deux, puis trois s'écoulèrent et le maître de la colline d'Igeti n'était toujours pas de retour. A mesure que passaient les jours et que défilaient les semaines, l'angoisse d' Iyéwa ne cessait de s'accroître, car elle n'avait aucune idée de l'endroit où se trouvait son mari et elle se demandait ce qui avait bien pu le retenir aussi longtemps et s'il ne lui était rien arrivé de fâcheux, bien que cela lui parût peu probable. Mais le plus grave dans tout cela était que la réserve de nourriture et d'argent s'épuisait à vue d'œil. Il n'en resterait bientôt plus rien et Iyéwa, terriblement inquiète, se demandait comment elle et ses enfants allaient pouvoir survivre si Orunmila n'était pas de retour avant ce fatidique délai.

Elle ne parvenait plus à trouver le sommeil et pleurait nuit et jour, sans personne à ses côtés pour la consoler.

En fin de compte, et comme elle le craignait depuis le début, malgré tous ses efforts pour économiser le peu qui en restait, l'argent et la nourriture furent complètement épuisés.

Alors commença pour Iyéwa et ses enfants une terrible période de souffrances et de privations. Ils connurent les affres de la faim et de la solitude et Iyéwa, naguère si replète, devint rapidement maigre et émaciée. Les enfants pleuraient sans cesse, car ils avaient souvent le ventre creux et leur mère ne trouvait pas toujours de quoi leur donner à manger. Et, bien sûr, elle ne pouvait pas mendier de la nourriture chez les voisins, étant fille de roi et, de surcroît, la femme du prince des devins.

Cela, naturellement, eût été indigne d'elle et l'eût certainement fait déchoir de son rang.

Voyant qu'elle se trouvait dans une situation désespérée, quelques-unes de ses voisines et amies lui proposèrent de les accompagner dans la forêt pour ramasser du bois mort et le revendre ensuite au marché. Avec l'argent qu'elle gagnerait ainsi, Iyéwa pourrait nourrir sa petite famille et survivre sans l'aide de personne.

La femme d'Orunmila n'avait guère le choix ; aussi acceptat-elle bien volontiers d'accompagner ses voisines et de faire cet humble labeur. Les débuts furent des plus difficiles pour Iyéwa qui n'avait pas l'habitude d'accomplir des tâches trop pénibles. Parfois même, ses voisines, la voyant ployer sous son fardeau, venaient à son secours et l'aidaient à le transporter.

Ce travail rapportait très peu et malgré toute la peine qu'elle se donnait, l'argent qu'en retirait Iyéwa suffisait à peine à les nourrir, ses trois enfants et elle.

Au bout d'une semaine de dur labeur, elle n'en pouvait déjà plus et commençait à se demander si elle allait pouvoir continuer ce travail éreintant et ingrat.

Préoccupée par sa propre survie et celle de ses enfants, elle ne pensait presque plus au retour d'Orunmila et, résignée, se disait qu'il avait dû être retenu par des raisons d'une extrême importance.

Un soir, de retour de la forêt, son lourd fagot en équilibre sur la tête, Iyéwa vit de loin un homme de grande taille qui se dirigeait vers elle. Ses compagnes qui, depuis un certain temps, ne l'attendaient plus à cause de sa lenteur, avaient disparu, et elle se retrouva ainsi en face de l'inconnu qui se présenta assez poliment et déclina son identité.

Il dit s'appeler Ondaaro et être en route pour la ville d'Abeokuta. Sans doute séduit par la grande beauté d'Iyéwa, s'était-il écarté de son chemin et était-il venu vers elle. Iyéwa lui répondit également avec politesse et, les présentations faites, l'homme, tout naturellement, se proposa de l'aider.

La femme d'Orunmila, qui était déjà épuisée et ployait sous le fardeau, accepta sans réticence cette offre inattendue, d'autant plus que le nommé Ondaaro avait bon air et lui inspirait suffisamment confiance. Ce dernier la déchargea donc galamment de son pesant fagot qu'il posa sur son épaule, et lui emboîta le pas.

Ondaaro était un bel homme, d'allure fort avenante et Iyéwa éprouva un grand plaisir à cheminer en sa compagnie et à bavarder avec lui. En cours de route, la conversation fut gaie et très enjouée. Ondaaro, brillant causeur, vif et de langue habile, étonna Iyéwa par ses tours d'esprit et son intelligence. Sans savoir exactement pourquoi, elle se sentait soulagée, revigorée par la présence de cet homme qu'elle connaissait pourtant à peine.

Ondaaro ne lui posa aucune question indiscrète et, lorsqu'ils furent sur le point d'arriver chez elle, Iyéwa éprouva comme du regret, presque de la tristesse à l'idée de devoir se séparer d'un homme si agréable et si spirituel et de se retrouver à nouveau seule avec sa progéniture.

Comme s'il avait deviné ses pensées, Ondaaro lui dit:

« Vous savez, ma jeune dame, il ne me déplairait pas de vous accompagner jusqu'à la porte de votre maison, si vous n'y voyez aucun inconvénient bien sûr.

— Oh ! il n'y pas de mal à cela, au contraire, s'empressa d'ajouter Iyéwa, avant de préciser: Je vis seule avec mes trois enfants ; mon mari est parti pour un long voyage il y a de cela plus de six mois, et les dieux seuls savent où il se trouve à présent.

— Ça alors ! ne put s'empêcher de s'exclamer Ondaaro sidéré, mais c'est de la folie de laisser tout seul une femme si jeune et trois enfants sans défense.

— Hélas, dit Iyéwa d'une voix éplorée, il lui est peut-être arrivé quelque chose, car il n'est pas homme à abandonner sa famille », puis elle se tut.

Un silence un peu gêné s'installa entre elle et Ondaaro qui continuait de marcher à ses côtés avec son fagot sur l'épaule. Mais bientôt, ils furent en vue de la demeure d'Orunmila et Iyéwa en profita pour rompre le silence :

« Ah, dit-elle avec une sorte de soulagement dans la voix, nous sommes enfin arrivés, c'est ici. Tenez, donnez ce fagot et entrez. »

Ondaaaro ne se fit pas prier. Déposant le bois mort, il poussa la porte et entra le premier dans la maison du prince des devins.

D'emblée il fut frappé par la propreté et la netteté de cette grande demeure fort bien entretenue par Iyéwa et ne manqua pas de lui en faire l'éloge.

« Je ne connais pas votre mari..., mais en tout cas, il peut se vanter d'avoir une épouse propre et soigneuse, dit-il.

— Merci », répondit timidement Iyéwa que ce compliment fit rougir. Puis elle s'empressa d'inviter son hôte à prendre place dans une grande chaise en rotin, ce que ce dernier fit avec un plaisir évident.

Sans doute charmé par l'aimable simplicité de cet intérieur duquel se dégageait toutefois une majesté certaine, Ondaaro soupira d'aise. La fraîcheur odorante qui y régnait également rendait l'atmosphère encore plus agréable. Il jeta un regard circulaire autour de lui et remarqua la beauté sans fioritures du décor qui laissait deviner que le maître des lieux était sans aucun doute un homme d'esprit, un véritable connaisseur de beauté. Le laissant à sa contemplation, Iyéwa se faufila dans la cuisine d'où elle revint bientôt avec une calebasse d'eau fraîche qu'elle tendit des deux mains à Ondaaro en faisant la génuflexion :

« Tenez, buvez et rafraîchissez-vous, dit-elle. Vous devez certainement avoir très soif après cette longue marche avec ce lourd fagot sur l'épaule.

— Merci beaucoup, ma jeune dame », répondit galamment Ondaaro, recevant également des deux mains la calebasse que lui tendait la jeune femme. Lentement, à grandes lampées, il but toute l'eau de la calebasse et lorsqu'il eut fini, la rendit à Iyéwa et s'essuya la bouche du revers de la main en poussant un soupir de satisfaction.

« Je suis vraiment confuse de vous avoir causé toute cette fatigue , dit-elle en reprenant la calebasse vide.

— Pensez-vous, dit Ondaaro, toujours du même ton galant et enjoué, je ne me suis pas donné beaucoup de peine et puis, ce ne pouvait être qu'un plaisir pour moi que de venir en aide à une jeune dame si charmante. »

Dehors, le crépuscule s'était épaissi et les ténèbres de l'immense nuit s'étaient étendues sur les êtres et les choses. Ondaaro fit mine de se lever pour prendre congé, mais Iyéwa le retint:

« Ecoutez, vous pouvez bien rester si vous le voulez ; d'ailleurs je crois qu'il vaut mieux que vous passiez la nuit, car il n'y a pas de clair de lune et il fait complètement noir dehors. Nous avons une chambre de passage. »

Ondaaro ne se le fit pas dire deux fois et, ne pouvant espérer mieux, se rassit en remerciant la jeune femme d'un ton doucereux. Contente qu'il ait accepté son offre, Iyéwa se rendit alors à la cuisine et rassembla le peu de nourriture qui restait pour préparer à son hôte imprévu un repas convenable, à défaut d'être copieux.

La femme d'Orunmila déploya tous ses talents de cuisinière, car elle tenait à faire bonne figure aux yeux de cet homme qui était certainement de bonne famille et de caste élevée, à en juger son air et sa mise.

Le repas fut bientôt prêt et la maîtresse de maison fit manger les enfants avant de les mettre au lit.

Cela fait, elle revint auprès de son hôte auquel elle servit des haricots à la viande, des akara tout chauds, de la soupe de melon, un morceau de gâteau d'igname, le tout arrosé d'une bonne gourde de vin de palme.

Ondaaro mangeait avec appétit et ne tarissait pas d'éloges sur la qualité de la cuisine, qu'il semblait apprécier au plus haut point, à en juger les « délicieux », « succulent », « fameux » et autres petits mots dont il ponctuait parfois sa mastication, entre deux bouchées. Ces appréciations élogieuses remplissaient d'aise la femme d'Orunmila qui regardait manger son hôte avec un naïf amusement.

Ravie, et pour la première fois déridée depuis le départ de son mari, elle riait de bon cœur et, de temps en temps, servait une bonne calebasse de vin de palme à l'hôte qui la vidait d'un trait.

Lorsqu'il eut fini de manger, Iyéwa lui offrit une grosse noix de kola bien mûre et une feuille de tabac parfumée.

Ondaaro croqua la noix à belles dents et roula la feuille de tabac qu'il se mit à fumer avec un plaisir évident.

Il était visiblement rassasié et manifestait sa satisfaction par des rôts bruyants et appuyés.

« Avez-vous bien mangé? lui demanda Iyéwa qui s'était levée pour enlever les plats de nourriture.

— Je ne me souviens pas avoir fait si bonne chère !, répondit Ondaaro apparemment sans affectation, votre cuisine est excellente, ma chère, et vous êtes vraiment une femme de l'art.

— Merci », répondit Iyéwa flattée, en achevant de nettoyer les reliefs du repas qui jonchaient encore le sol.

Puis elle étala une natte, y jeta négligemment quelques coussins moelleux et invita son hôte repu à venir y prendre place. A l'aise et détendu, Ondaaaro s'étendit de tout son long sur la natte, posa la tête sur un coussin et commença à se curer les dents avec un bâtonnet d'arec.

A son tour et après lui, Iyéwa s'assit sur une autre petite natte en face d'Ondaaro, et la conversation s'engagea.

Sans doute parce qu'elle éprouvait un réel besoin de se confier à quelqu'un, de s'épancher comme elle n'avait jamais pu le faire dans sa solitude, Iyéwa raconta à son hôte toutes les difficultés qu'elle avait rencontrées depuis le départ de son mari. Mais elle se garda bien de prononcer le nom d'Orunmila, par pudeur et par respect pour lui, mais aussi de peur qu'en ne l'apprenant, son hôte ne prît aussitôt congé d'elle, car il ne viendrait à l'idée de personne de passer la nuit dans la maison du prince des devins en l'absence de celui-ci.

D'ailleurs, Ondaaro ne semblait manifester qu'un médiocre intérêt à son histoire et, bien que par moment il fît semblant de s'apitoyer, il se mit bientôt à bâiller et à s'étirer, montrant des signes évidents de lassitude.

Iyéwa ne tarda pas à s'en apercevoir et lui demanda : « On dirait que vous êtes fatigué, peut-être avez-vous sommeil ?

— Euh... oui... c'est vrai, je suis un peu fatigué, car j'ai voyagé presque toute la journée. J'ai commencé à marcher depuis le matin, un peu après l'aube, et puis, après le copieux repas que je viens de faire, vous comprendrez que je tombe de sommeil. Excusez-moi donc d'être d'une si mauvaise compagnie.

— Oh ! Ce n'est rien. Je vous comprends parfaitement. C'est plutôt moi qui devrais m'excuser de vous importuner avec toutes ces histoires . Et puis, après un petit moment de silence :

— Eh bien, dans ce cas, je vais vous laisser vous reposer. Vous devez en avoir bien besoin après ce long voyage à pied. Vous pouvez dormir ici si cela ne vous dérange pas. La chambre de passage n'est pas très bien faite et elle est encombrée par les affaires de mon mari.

— Cela ne me gêne pas du tout, dit Ondaaro, au contraire, je me sens parfaitement à l'aise ici.

— Eh bien alors, bonne nuit et dormez bien » dit Iyéwa en se levant.

Pour toute réponse – sans doute pour se racheter du peu de courtoisie dont il avait fait preuve au cours de la conversation – Ondaaro laissa dans la main que lui tendait la jeune femme une bourse bien rebondie où crissaient des cauris.

« C'est bien peu de chose en comparaison du repas et de l'hospitalité que vous m'avez si généreusement offerts, dit-il, mais je pense que dans la situation où vous vous trouvez, ce modeste cadeau pourra peut-être vous être utile. » Surprise et touchée par le geste d'Ondaaro, Iyéwa le remercia avec effusion, lui souhaitant de nouveau bonne nuit avant de se retirer dans sa chambre.

Les heures passèrent, les ténèbres s'épaissirent et bientôt la nuit régna en maîtresse absolue sur toutes choses.

Seule dans sa chambre, Iyéwa ne dormait pas et pleurait doucement en pensant à son mari qu'elle eût tant aimé avoir à ses côtés à cette heure où le silence est plus profond.

Ondaaro lui aussi, mais pour de toutes autres raisons, ne dormait pas non plus. Saisi par la fièvre du désir, il ne cessait de se tourner et se retourner et, dans son esprit aux aguets, dansait l'image de la douce et belle, très belle jeune femme étendue sur son lit, derrière la porte qui se trouvait en face de lui, à portée de sa main.

Malgré tous ses efforts pour s'endormir et chasser de son esprit cette image qui l'obsédait, il ne parvenait pas à trouver le sommeil. Son cœur battait en désordre et tous ses sens étaient tenus en éveil par le brûlant désir qui le tenaillait. Il se dit qu'elle aussi l'attendait peut-être. Une femme si jeune, esseulée ne pouvait pas ne pas avoir besoin de chaleur. Il lui fallait quelqu'un à ses côtés. Cela était même plus que probable. Sans plus réfléchir, Ondaaro prit une décision qui, si osée fût-elle, ne lui coûterait que d'essuyer un refus, tout au plus une humiliation tout à fait compréhensible pour un homme.

Lorsque la nuit fut à son paroxysme, Ondaaro se leva d'un bon et, à pas de loup, se dirigea vers la chambre à coucher de la jeune femme. Tâtonnant dans l'obscurité, il chercha la porte et, lorsqu'il l'eut trouvée, il se rendit compte qu'elle n'était pas fermée à clef.

Alors, il comprit que Iyéwa avait besoin d'un homme. Après avoir tourné la poignée avec mille précautions, il poussa tout doucement la porte et, le cœur battant à rompre, tous les muscles de son corps tendus, se glissa sur la pointe des pieds dans la chambre où flottait une odeur d'encens et de parfums aromatiques qui l'enivra davantage.

Ses yeux dilatés se mirent à fouiller dans la pénombre, mais ne parvinrent pas à distinguer de forme précise.

Ne sachant de quel côté aller, il retint son souffle et resta immobile un moment. Son attente fut de courte durée, car fusant des ténèbres, un léger soupir alerta ses sens à l'affût et lui permit de s'orienter vers l'endroit où était étendue la jeune femme. En quelques foulées souples, il atteignit le lit et, le buste courbé, les bras en avant, il se pencha et palpa la chair d'Iyéwa. Celle-ci ne souffla mot et resta inerte. Mais sa respiration était légèrement saccadée et son corps chaud palpitait, comme en proie à la fièvre. Elle était presque nue et, silencieusement, semblait s'offrir à l'homme penché au-dessus d'elle. Fou de désir, Ondaaro se glissa en haletant dans la couche de la femme d'Orunmila qui l'étreignit et s'ouvrit sans dire un mot.

~~~

Une semaine s'écoula. Une semaine de bonheur pour Iyéwa que le galant Ondaaro comblait de plaisir et de paroles agréables. La maison tout entière était remplie de bonne humeur et résonnait de conversations enjouées et de rires joyeux que l'on n'y avait guère plus entendus depuis le départ d'Orunmila. Les enfants d'Iyéwa furent eux aussi gagnés par cette gaieté contagieuse et ils s'ébattaient beaucoup plus librement que d'habitude dans la maison. Ondaaro jouait souvent avec eux et ils s'étaient accoutumés à sa présence. « Vos enfants sont vraiment magnifiques », disait-il à Iyéwa, ravie qu'il leur témoignât autant d'affection.

Par mesure de prudence et pour éviter de compromettre aux yeux du voisinage celle dont le mari était absent, Ondaaro ne sortait guère de la maison d'Orunmira. Il n'avait d'ailleurs aucune envie de mettre le nez dehors, étant choyé comme un roi par Iyéwa qui était aux petits soins avec lui et veillait à ce que ses moindres désirs soient satisfaits.

Une fois rentrée chez elle, la femme d'Orunmira se barricadait soigneusement et ne ressortait que le lendemain. Pour éviter tout soupçon, elle feignait d'être abattue et prétextait la fatigue auprès de ses amies qui se montraient parfaitement compréhensives et éprouvaient de la compassion à son endroit.

~~~

Petit à petit, Iyéwa reprenait de l'embonpoint et des couleurs. Elle éprouvait même une secrète gratitude pour Ondaaro, l'homme qui avait réussi à chasser de son cœur la tristesse qui la rongeait. Mais au fond d'elle-même demeurait aussi une invincible nostalgie de son mari, Orunmila, le prince des devins, auquel elle ne pouvait s'empêcher de penser à chaque instant, malgré la présence de cet homme qu'elle appréciait, peut-être tout simplement parce que d'une façon, il le lui rappelait.

Mais ce bonheur devait se révéler aussi fortuit qu'éphémère le jour où, entrant dans sa période menstruelle, Iyéwa ne vit pas ses règles.

Elle ne tarda pas à comprendre qu'elle était enceinte. Ses étreintes amoureuses avec Ondaaro avaient fait germer en elle un embryon de vie !

Affolée, elle courut trouver son amant pour lui faire part de cette nouvelle pour le moins inattendue. Celui-ci, qui était couché sur une natte et se reposait, se dressa brusquement sur son séant et, à la grande stupeur de Iyéwa, l'interrompit d'un ton cassant où perçait le mépris :

« Quoi ? Vous voulez rire ! Allons, ne me faites pas croire qu'une chose pareille puisse arriver à une femme aussi expérimentée que vous. »

Ses traits s'étaient subitement durcis et l'expression de son visage habituellement avenant s'était transformée en un masque empreint de brutalité derrière lequel la jeune femme, réalisant tout à coup l'ampleur de sa méprise, découvrit la brûlure et la laideur de l'hypocrisie et de l'égoïsme profonds. Désemparée et comme paralysée par la brutale métamorphose de cet homme auquel elle s'était donnée avec tant de naïveté, Iyéwa écarquilla les yeux, bouche bée, tremblant de tous ses membres. Redoublant de cynisme et de cruauté, Ondaaro poursuivit froidement:

« Eh bien ! Je me demande ce que vous allez raconter à votre cher mari quand il sera de retour. Drôle de surprise pour lui ! »

Puis il se leva et vint se planter en face de la malheureuse qu'il dominait de sa haute stature. Du bout de l'index, il lui souleva le menton et la tête qu'elle avait gardée baissée et, les mâchoires serrées, un méchant sourire aux lèvres, la regarda dans le blanc des yeux en disant:

« Mais, au fait, ma belle, tu ne m'as pas encore dit comment il s'appelle ton homme, hein ?

— Il s'appelle... il s'appelle... Orun...Orunmila, bégaya instinctivement Iyéwa en étouffant un sanglot.

— Quoi ?! s'exclama Ondaaro qui bondit sur ses pieds, frappé de stupeur.

— Ai-je bien entendu ? Orunmila ? Est-ce bien ce que tu viens de dire ?

— Oui...oui... », répéta Iyéwa sanglotant de plus belle.

— Non ! Ce n'est pas possible...Tu n'es pas, tu ne peux pas être la femme de l'illustre Orunmila, prince de tous les devins. C'est un mensonge », dit Ondaaro d'une voix blanche.

Les bras ballants, l'air abasourdi, il n'en revenait pas et la révélation d'Iyéwa lui paraissait incroyable.

« Tu n'es pas la femme d'Orunmila !, martela-t-il d'une voix hystérique.

— Si !, insista avec véhémence et une pointe de fierté dans la voix Iyéwa dont le beau visage était tout baigné de larmes, je suis la femme d'Orunmila et la fille d'Olowo, le roi de la cité d'Owo et vous, vous n'êtes qu'un ingrat, un lâche. Vous avez profité de ma solitude, de ma faiblesse. Je regrette de vous avoir connu ». Ces derniers mots furent dits avec passion, presque avec haine, par Iyéwa dont la voix acheva de se briser dans une inextinguible crise de larmes. C'était la première fois de sa vie qu'elle éprouvait un tel sentiment, pareil à une flamme dévorant sa poitrine, son cœur.

Convaincu par la fougueuse sincérité d'Iyéwa qui avait fini par dissiper ses doutes, Ondaaro s'adressa de nouveau à elle d'une voix plus sourde et sur ton menaçant:

« Ecoute, ma belle, que tu sois ou non la femme d'Orunmila, oublie tout ce qui s'est passé entre nous et fais comme si je n'avais jamais existé. Cela vaudra mieux pour nous deux! »

Effondrée, la poitrine soulevée de douloureux sanglots, Iyéwa ne l'écoutait pas.

Sans plus attendre, Ondaaro enfila son agbada, ajusta son petit bonnet de cotonnade sur sa tête et rangea ses affaires dans son sac de voyage. Avant de partir, il jeta un dernier regard plein de mépris à la malheureuse Iyéwa et sortit de la maison d'Orunmila en claquant la porte avec violence.

Longtemps après le départ d'Ondaaro, Iyéwa resta prostrée dans la même position, le visage enfoui dans les mains, pleurant à chaudes larmes et hoquetant désespérément.

Ce furent les pleurs de ses enfants, tout seuls dans leur chambre, qui tirèrent finalement Iyéwa de son état de douloureuse prostration. L'instinct maternel prit le dessus sur le désespoir, la honte et l'humiliation qu'elle ressentait jusqu'au plus profond d'elle-même après la terrible aventure qu'elle venait de vivre avec le cruel Ondaaro.

D'un bond, elle se leva et prit un pot d'eau pour se rafraîchir le visage. Puis, dans un effort surhumain, elle sécha ses larmes et chassa de son cœur l'amertume qui la ravageait, avant d'aller rejoindre ses enfants.

Plusieurs mois après le départ d'Ondaaro, Iyéwa put subsister sans difficulté et nourrir convenablement ses enfants grâce à l'argent que lui avait laissé le séducteur. Pendant tout ce temps-là, son ventre avait considérablement grossi, au grand étonnement de ses voisines qui se demandaient comment elle avait pu se retrouver dans cet état en l'absence de son mari. Mais malgré leur curiosité, elles n'osèrent pas lui poser la moindre question à ce sujet, car elle n'était pas leur égale, elle, la fille d'Olowo et la femme d'Orunmila, le prince des devins.

Beaucoup de temps s'écoula encore avant que les réserves
de nourriture et l'argent laissés par Ondaaro ne commencent
à donner de sérieux signes d'épuisement. Bientôt, il n'en resta
plus rien et la malheureuse Iyéwa, malgré son état de grossesse
avancée, se vit de nouveaux obligée de prendre le chemin de la
forêt, pour y ramasser de lourds fagots de bois mort revendus
à des prix dérisoires sur la grande place du marché où beaucoup s'étonnaient de la voir, connaissant ses origines et son rang
social.

C'était une tâche pénible, éreintante, il n'y avait guère
d'autre solution pour survivre. Iyéwa faisait de la peine à voir,
mais elle endurait ses souffrances sans gémir ni se plaindre, car
elle ne voulait pas inspirer la pitié ; aussi, lorsque ses voisines,
prises de compassion, se proposaient-elles de l'aider, elle refusait gentiment mais fermement.

～～

Un soir, aux alentours du neuvième mois de sa grossesse, alors
qu'elle venait juste de rentrer chez elle après une exténuante
journée de labeur, Iyéwa sentit de vives douleurs.

Elle s'étendit sur le dos, pensant que cela allait se calmer,
mais au contraire, les douleurs s'accentuaient, devenant de plus
en plus intenses. Iyéwa avait l'impression qu'on lui transper-
çait l'abdomen à coups de couteau et que l'on fouillait dans ses
entrailles.

Alors, la jeune femme comprit que la parturition avait commencé et qu'elle était en travail : le petit être qui sommeillait
dans son ventre depuis déjà neuf mois n'allait sans doute pas
tarder à en sortir.

Rassemblant ses forces et prenant son courage à deux mains, elle courut chez ses voisines les plus proches et les pria de venir l'assister. Ces dernières se levèrent aussitôt et, toutes affaires cessantes, la raccompagnèrent chez elle et la firent s'étendre sur une natte. Puis l'une d'elles s'agenouilla près d'Iyéwa et se mit à lui masser doucement le ventre pendant qu'une autre la rafraichissait à l'aide d'un large éventail en feuilles de palmier. Une troisième femme, assise en tailleur, agitait sur un rythme saccadé un fût de calebassier empli de graines séchées, tout en récitant des incantations protectrices.

Tout se passa très bien. Iyéwa transpira beaucoup mais accoucha sans trop de mal d'un beau petit garçon bien portant, qui poussa un vagissement sonore dès qu'il eut quitté la chaleur du ventre maternel. Iyéwa éprouva une grande joie, car la naissance d'un enfant sain et vigoureux ne peut être qu'une bénédiction. Mais il y avait aussi de l'amertume et de la tristesse au fond de son cœur, car jamais elle ne s'était sentie aussi seule, aussi démunie, aussi vulnérable.

Bien que l'on ne connût pas le père de l'enfant, dont Iyéwa se garda bien de décliner l'identité, l'enfant fut quand même baptisé et une fête organisée pour honorer sa naissance. Un devin d'Ifa vint le bénir et récita des prières propitiatoires pour le protéger du mauvais œil et des langues perverses. Iyéwa reçut de nombreux cadeaux et tout le voisinage vint se réjouir avec elle. Les femmes dansèrent jusqu'au soir et tous ensemble, de concert avec Iyéwa, décidèrent de donner au bébé le nom d'Agbe, qui lui porterait chance.

La fête se prolongea jusque tard dans la nuit, puis chacun rentra chez soi.

Après ces événements qui, elle le sentait confusément, affecteraient sa destinée, la vie reprit son cours normal pour Iyéwa. Lorsqu'elle se sentit mieux et eut suffisamment recouvré ses forces, elle retourna en forêt avec ses compagnes, car elle avait à présent, non plus trois, mais quatre bouches à nourrir.

Dès les premières lueurs de l'aube et bien souvent avant le premier chant du coq, elle se levait pour aller puiser de l'eau, préparait le bain et le petit déjeuner de ses enfants, accomplissait avec diligence les mille et un petits travaux domestiques qui sont le lot quotidien de toute femme au foyer. Puis elle allaitait son bébé et lorsqu'il était repu, le déposait, endormi, dans son petit berceau avant de prendre vaillamment le chemin de la forêt avec ses voisines qui passaient la prendre, s'étonnant de la trouver toujours prête.

Avant de sortir, elle faisait ses dernières recommandations et confiait la garde de la maison à son fils aîné, Amukanlodé-Oyan, brave petit garçon de cinq ans qui savait déjà merveilleusement s'occuper de ses petits frères.

Les semaines succédaient aux jours, les mois aux semaines, et le temps s'écoulait lentement, lourdement, dans le labeur et la souffrance, la solitude et la mélancolie pour Iyéwa qui travaillait sans relâche et maigrissait à vue d'œil. Ses joues s'étaient profondément creusées et, sous ses habits devenus trop grands, perçaient des épaules décharnées. Chaque jour plus déprimée, rongée par l'angoisse, l'amertume et l'incertitude, elle se demandait sans cesse jusqu'à quand durerait son calvaire et si elle parviendrait à survivre à toutes ces épreuves. Cependant, elle ne cessait de prier, invoquant Olorun, Ifa, et surtout Oshun, la déesse à la beauté resplendissante qui sait assurer à ses adorateurs la protection contre tous les maux. Iyéwa ne cessait d'espérer qu'Oshun la douce, témoin du bonheur renouvelé de quelqu'un, orisha qui guérit le malade avec de l'eau froide, qui dit à la tête mauvaise de devenir une tête bonne, elle, la maîtresse d'*asé* au pouvoir de prédiction absolu, qu'Oshun apaiserait ses souffrances, ferait qu'elle retrouve la sérénité qui embellit la vie et qu'Orunmila, le prince de ses rêves, la source vive de son amour, revienne un jour pour régner sans partage sur son cœur guéri.

ONGOOSUN

Un soir, alors qu'elle revenait de la forêt, harassée de fatigue et ployant sous la charge, Iyéwa crut entendre des appels à l'aide qui semblaient provenir de la lisière de la forêt. Elle s'arrêta un instant pour prêter l'oreille, mais les appels cessèrent et, pensant qu'il s'agissait d'esprits malfaisants qui voulaient se moquer d'elle, elle entreprit de continuer son chemin. Mais elle n'eut pas plus tôt fait trois pas en avant que les bruits insolites reprirent. Cette fois elle reconnut le son d'une voix humaine qui appelait au secours. En prêtant l'oreille avec un peu d'attention, il est assez facile de distinguer le son de la voix humaine de celui des génies ou des esprits. Et pour Iyéwa, il n'y avait pas de doute : ces appels étaient bien ceux d'un être humain certainement en détresse.

Alors, n'écoutant que son cœur, Iyéwa déposa son fagot à terre et pressa le pas dans la direction d'où semblaient provenir les bruits de voix. Quelles ne furent pas sa surprise et son étonnement lorsque, arrivant sur les lieux, elle vit un homme couché sur le côté et qui tenait son pied gauche en grimaçant de douleur.

D'abord méfiante, Iyéwa s'approcha avec prudence en récitant des incantations protectrices ; puis elle s'arrêta à une distance assez respectueuse et, lorsqu'elle fut à peu près sûre et certaine d'avoir à faire à un homme en chair et en os et non à un esprit malin ou à un génie, elle bégaya craintivement:

« Qui êtes-vous ? Que vous est-t-il arrivé ? »

Levant alors la tête, l'homme regarda Iyéwa et lui adressa un sourire crispé par la douleur. Voyant qu'elle se tenait sur ses gardes, il fit de son mieux pour la rassurer et dissiper ses craintes : « N'ayez pas peur, dit-il, approchez-vous. Je ne suis pas un esprit malin ni un génie, mais un être humain, en chair et en os, comme vous-même. »

Sa voix grave, mesurée résonnait avec une sorte de douceur et de suavité dans le timbre. Iyéwa fut frappée par sa mise soignée et son air noble. Il paraissait jeune, mais sa physionomie était calme et, malgré la douleur qui semblait le tenailler, les traits de son visage reflétaient la sérénité d'une personne ayant acquis cette maturité d'esprit que confèrent l'âge et l'expérience. Se redressant péniblement en s'appuyant sur les coudes, il posa sur Iyéwa un regard pénétrant, d'une singulière intensité et poursuivit: « Je suis un voyageur de passage par ici et je m'apprêtais à traverser cette forêt pour rejoindre le bourg d'Otun, de l'autre côté, lorsque mon pied droit s'est enfoncé dans ce maudit trou que vous voyez là. »

Il s'arrêta un moment pour reprendre son souffle, avant de continuer :

« En essayant de retrouver l'équilibre, je suis tombé et me suis tordu la cheville. J'ai quand même réussi à dégager le pied de ce sale trou, mais je n'ai pu faire un pas de plus. Cela fait plus d'une heure que je suis ici à m'égosiller sans voir personne. Heureusement que vous m'avez entendu ! » Voyant son pied enflé et le gros trou béant à côté de lui, Iyéwa comprit que l'inconnu disait la vérité. Elle fut prise de pitié et, surmontant sa méfiance, se décida à parler.

« Vous avez de la chance en effet, dit-elle, les gens passent rarement de ce côté-ci de la forêt qui est, paraît-il, hanté par de très méchants esprits. Vous auriez pu y rester longtemps encore. » Puis, après un court instant d'hésitation : «...mais attendez ! Je crois que le mieux serait que je vous aide à marcher jusque chez moi. Ce n'est pas très loin. Vous pourrez vous y reposer un peu et prendre quelques soins nécessaires. »

— Merci, dit l'homme en souriant, c'est vraiment très gentil de votre part. »

Sans plus d'hésitation, Iyéwa s'approcha de l'inconnu et, arrivée à sa hauteur, pencha son épaule droite en avant ; l'homme s'y agrippa et, prenant appui sur sa jambe valide, se releva à grande peine. Iyéwa lui prêta main forte pour l'aider à se redresser complètement. Elle remarqua alors qu'il était mince et d'une haute stature. Elle sentit aussi, lorsqu'il prit appui sur son épaule, la fine mais solide musculature de son avant-bras. Apres l'effort qu'il venait de fournir, l'homme grimaça de douleur puis poussa un profond soupir. Passant le bras autour de sa taille pour le soutenir et l'aider à marcher, Iyéwa lui fit faire un premier pas.

« Doucement, doucement, dit-elle, posez d'abord le pied valide et appuyez-vous bien sur mon épaule avant de reposer l'autre. La ! Voilà !

— Oui... oui... aïe ! répondit l'étranger, s'efforçant de suivre les directives de Iyéwa, mais, il ne faut pas vous fatiguer trop, ma petite dame. C'est que je suis lourd vous savez »

Cette dernière réflexion fit sourire intérieurement Iyéwa qui trouvait l'homme plutôt léger bien que vigoureux.

Ils continuèrent de marcher ainsi, avançant lentement, clopin-clopant. Mais Iyéwa n'éprouvait pas de difficulté particulière à conduire cette marche à pas de caméléon, d'autant plus qu'elle s'était allégée de son fagot qu'elle avait préféré abandonner dans la forêt.

L'homme, quant à lui, ponctuait sa marche de petits cris de douleur et parlait avec une singulière volubilité, sans doute pour atténuer la lancinante douleur qui tenaillait sa cheville foulée. Devant ce flot de paroles, Iyéwa se cantonnait dans un discret mutisme, se contentant de temps en temps d'adresser à l'homme un petit signal de la voix pour lui indiquer qu'il y avait un obstacle à éviter. Mais l'indifférence de Iyéwa n'était qu'apparente ; en réalité, elle était tout ouïe et écoutait sans en perdre le moindre détail tout ce que débitait l'inconnu. De tout ce verbiage, elle retint surtout qu'il s'appelait Ongoosun, qu'il était originaire d'Igosun, l'une des plus grandes villes du nord du pays Yorouba et qu'il appartenait à la plus haute noblesse de cette cité. Elle apprit aussi, toujours sans en avoir l'air, qu'il avait entrepri ce voyage pour se rendre dans le bourg d'Otun, afin d'y recueillir un remède miraculeux qui guérissait la cécité et qui provenait d'un arbre magique planté là par Eshu-Odara.

En fait, Iyéwa était réellement captivé par le récit de l'homme, d'autant plus que celui-ci s'exprimait avec l'accent mélodieux des gens du nord, qu'elle avait toujours aimé entendre.

Lorsque, tant bien que mal, ils arrivèrent à destination, il faisait déjà nuit et tout était sombre. Mais l'intérieur de la maison d'Orunmila était éclairé, sans doute par le petit Amukanlodé-Oyan qui, ne voyant pas revenir sa mère, avait pris l'initiative d'allumer quelques mèches trempées dans la graisse de chèvre. Comme d'habitude lorsque leur mère tardait à rentrer le soir, il s'occupait de ses petits frères et, après les avoir fait manger, ils allaient tous ensemble dormir dans leur chambre.

« Nous sommes arrivés, dit un peu timidement Iyéwa.

— Ah bon, dit le nommé Ongoosun, c'est ici votre maison. Eh bien, tant mieux : vous allez pouvoir vous reposer un peu après ce pénible trajet. »

Ralentissant l'allure, Iyéwa dégagea son bras droit pour ouvrir la porte d'entrée, puis doucement, lentement, aida l'étranger à en franchir le seuil. Il dut s'appuyer un peu plus fort sur l'épaule de la jeune femme qui sentit passer sur sa nuque son souffle tiède et ne put s'empêcher de réprimer un léger frisson.

Avec d'infinies précautions, évitant de lui causer la moindre douleur, elle le guida jusqu'au divan qui se trouvait au milieu de la grande pièce centrale, et délicatement: « Ouf !», souffla celui qui s'appelait Ongoosun. « Enfin ! j'ai bien cru que nous n'y arriverions jamais ! »

Il s'étira longuement et poussa encore un profond soupir de soulagement cependant qu'Iyéwa, toujours aussi attentionnée, lui plaçait un oreiller sous la tête.

« Eh bien, votre demeure est vraiment très charmante et très accueillante », dit Ongoosun en jetant un rapide et discret coup d'œil autour de lui. A ces mots, Iyéwa ne put s'empêcher d'éprouver un pincement au cœur et une bouffée d'amertume l'envahit : ces compliments étaient à peu près les mêmes que ceux que lui avait adressés l'ignoble Ondaaro la première fois qu'il entra chez elle. Feignant de n'avoir rien entendu, elle se pencha légèrement au-dessus de l'homme et commença d'inspecter le pied enflé ; puis, d'une main hésitante bien qu'experte, elle saisit la cheville endolorie d' Ongoosun et se mit à la tâter doucement.

« Votre pied est très enflé... ce doit certainement être une entorse, car l'os est complètement déplacé », dit-elle d'une voix qu'elle s'efforçait de rendre neutre.

A ces mots, Ongoosun sursauta, l'air affolé, les yeux écarquillés.

« Hein ? est- ce que cela signifie que je ne pourrai plus jamais marcher normalement? fit-il d'une voix étranglée.

— Mais non ! répondit Iyéwa, qui ne put s'empêcher de sourire devant la naïve panique de l'homme. Et s'empressant de le rassurer, elle ajouta : Vous pourrez marcher comme avant bien sûr, seulement, il va falloir garder le lit quelques jours, le temps de remettre l'os à sa place et tout redeviendra normal. »

— Garder le lit quelques jours...mais où cela ? s'inquiéta Ongoosun. Prise au dépourvu par cette question, Iyéwa hésita un court instant. L'expérience qu'elle avait vécue avec Ondaaro la hantait encore, mais la pitié, une certaine sympathie aussi pour cet homme blessé, momentanément estropié, prirent le dessus sur la méfiance et, d'une voix assez naturelle, elle répondit:

— Vous pourrez rester ici. Ce n'est pas grave.

— Oh ! Merci, merci... vous êtes trop bonne, dit Ongoosun avec effusion.

— Oh, ce n'est rien... ce que j'ai fait est tout à fait normal. Un autre que moi aurait agi de la même façon, dit avec franchise Iyéwa.

— C'est possible, ajouta Ongoosun de sa mélodieuse voix de basse, mais avec vous, je sens que c'est différent, plus spontané, peut-être... plus généreux. Vous devez être une personne très charitable.

— Mais non, voyons, protesta Iyéwa, cachant mal l'émotion que ces paroles créaient en elle, vous vous faites des idées.

— Bon ! dit Ongoosun, changeant de ton pour ne pas accroître l'embarras de la jeune femme, y aurait-il un bon médecin dans les environs ?

— Ce n'est pas la peine d'appeler un médecin, répondit Iyéwa avec une certaine assurance, je pourrai moi-même vous prodiguer les soins nécessaires. J'ai appris cela de ma grand-mère qui était une guérisseuse réputée.

— Comment vous remercier, ma jeune dame ? dit Ongoosun dont le visage devint rayonnant de gratitude. Ce sont les dieux qui vous ont mise sur mon chemin, j'en suis sûr !

— Attendez un instant, j'arrive », interrompit Iyéwa subitement pleine d'entrain. Elle entra dans sa chambre pour en ressortir peu après, tenant un petit pot dans sa main droite.

« Qu'est-ce que vous avez là ? s'enquit Ongoosun, curieux.

— C'est un baume végétal excellent pour les foulures et les entorses, répondit Iyéwa, je vais m'en servir pour vous masser la cheville avant de remettre l'os à sa place, avec cela vous sentirez beaucoup moins la douleur.

— Ah, dit Ongoosun avec une moue admirative. On voit bien que vous êtes une experte en la matière. »

Iyéwa n'ajouta rien de plus et, s'enduisant les mains du fameux baume, sorte de pommade odorante et très onctueuse, elle commença à en masser la cheville enflée d'Ongoosun. Ce dernier, la tête renversée, les yeux fermés, semblait plongé dans une profonde méditation.

Iyéwa continua son massage, doucement, délicatement, afin que la bienfaisante chaleur du baume pénétrât tout le pied malade ; mais en même temps elle regardait instinctivement à la dérobée cet inconnu que tant d'étranges et singulières circonstances avaient conduit jusque dans sa maison.

Ongoosun était très beau. Ses traits réguliers étaient d'une rare finesse et de son visage aux contours harmonieux se dégageait une impression de sérénité, de générosité aimable qui ne manqua pas de frapper Iyéwa.

Ses lèvres closes accentuaient encore le calme et la tranquillité qui émanaient de sa personne. La jeune femme remarqua que chacune de ses joues et son front portaient trois petites scarifications, trois de ces tatouages que l'on désigne du nom de marques d'Eyo, signes de son appartenance à la plus noble des lignées.

Lorsqu'elle jugea que le baume avait suffisamment pénétré, Iyéwa arrêta son massage et, saisissant des deux mains le pied à la base, là où il s'emboîte à la cheville, elle lui imprima une brusque torsion et tira d'un coup sec. L'os retourna alors à sa place avec un petit bruit mat.

Pas un muscle ne tressaillit sur le visage d'Ongoosun qui avait gardé les yeux fermés; pas une seule grimace de douleur ne vint altérer l'immobilité de ses traits, la sérénité de son beau visage resté de marbre. Seul un mince filet de sueur coulait de son front perlé de petites gouttes de transpiration.

Iyéwa, qui n'ignorait pas combien cette opération était douloureuse, admira intérieurement le courage d'Ongoosun. Elle tenait encore le pied dans ses mains, dans une sorte de réflexe de protection, comme si elle voulait conserver la bienfaisante chaleur du baume. Sans s'en rendre compte, elle avait fermé les yeux et une étrange sensation de bien-être l'envahit tout entière. Elle voulut la chasser, l'effacer d'elle, mais elle n'y parvint pas et continua à se laisser bercer.

Lorsqu'elle rouvrit les yeux, elle vit qu'Ongoosun la regardait en souriant. Ses yeux brillaient d'une douce lumière et

son visage rayonnant exprimait une gratitude et un soulagement profonds. Avant qu'elle n'ait eu le temps de se ressaisir,
Ongoosun plongea son regard dans celui d'Iyéwa ; un regard
expressif, troublant, qu'elle sentit la pénétrer jusqu'au plus profond de son âme. Ils restèrent ainsi un long moment comme
fascinés l'un par l'autre, pétrifiés par une force invisible et
supérieure à leur volonté. Mais, détournant brusquement le
regard, Iyéwa s'arracha à ce muet face à face, à cette inexpli-
cable contemplation, et d'un pas rapide alla se réfugier dans sa
chambre.

Elle était bouleversée et les sentiments les plus contradictoires se bousculaient en elle.

Une fois seule, elle s'efforça par tous les moyens de remettre
de l'ordre dans ses idées et de retrouver la maîtrise d'elle-même.

Le souvenir de sa triste expérience avec Ondaaro l'avait ren-
due très méfiante. Aussi se dit-elle, en son for intérieur, qu'il
valait mieux se tenir sur ses gardes et ne courir aucun risque.

Pourtant, sans qu'elle sût pourquoi ni ne parvînt à s'en empêcher, cet homme l'attirait et lui inspirait confiance. Il avait
l'air si bon, si sincère, si généreux.

Mais pouvait-on se fier aux apparences ? La beauté physique,
la bonté apparente ne cachaient-elles pas trop souvent la brûlure de l'égoïsme profond et de la cruauté ?

Faisant un grand effort sur elle-même, Iyéwa réussit à surmonter son émotion et, prenant dans ses affaires un linge bien
propre, retourna auprès d'Ongoosun.

« Eh bien, dit-elle d'une voix un peu tremblante, je vais
envelopper votre cheville avec ce linge pour le garder bien au
chaud et protéger le muscle.

— Je vous fais entièrement confiance, dit doucement Ongoosun qui semblait ne pas s'être aperçu du trouble de la jeune femme, je sais que je ne pourrais trouver meilleur médecin. »

Il avait repris son air grave et sérieux et dévisageait Iyéwa avec une sorte de curiosité mêlée de sympathie, presque de tendresse. Les yeux baissés, visiblement embarrassée, cette dernière gardait le silence et continuait de bander la cheville du blessé avec adresse et précaution.

Elle devinait et redoutait tout à la fois l'instant qui allait suivre.

« Mais dites-moi, ma jeune dame, vous vivez toute seule dans cette grande maison ? N'êtes-vous donc pas mariée ? »

La question, posée à brûle-pourpoint, désarçonna Iyéwa qui se rétracta d'abord instinctivement:

« Euh...si...je...je suis mariée », répondit-elle d'une voix blanche, à peine audible.

— Ah...et...où est votre mari ?

— Il...il...il est mort, bégaya pitoyablement Iyéwa.

Puis sa voix se brisa et, subitement, elle éclata en sanglots, le visage dans les mains.

— Oh... pardonnez-moi, fit Ongoosun surpris et désolé, je...je ne savais pas... je ne voulais pas vous faire mal.

— Oui...oui..., je sais... ce n'est pas votre faute... vous ne pouviez pas savoir, hoqueta péniblement Iyéwa.

— Je suis vraiment désolé pour vous », ajouta Ongoosun en se redressant avec difficulté et malgré l'atroce douleur que lui causait cet effort.

Il y avait dans sa voix un tel accent de sincérité et de compassion que, malgré ses larmes, Iyéwa ne put s'empêcher d'éprouver un frisson d'émotion.

« Je vous comprends parfaitement... je comprends votre douleur et, si je le pouvais, je vous viendrais volontiers en aide, dit encore Ongoosun.

— Merci...merci... », dit Iyéwa touchée jusqu'au fond d'elle-même par ces paroles.

A présent, elle était presque totalement convaincue de la sincérité, de la franchise et de la bonté de cet homme. Elle sentit que de toute évidence il partageait son chagrin et qu'il l'avait prise en pitié. Elle eut subitement conscience de l'avoir trompé et son mensonge lui apparut alors dans toute sa laideur. Elle ne pouvait continuer à jouer une comédie aussi avilissante et abuser d'un homme qui paraissait tout à fait loyal. Aussi préférat-elle changer d'attitude et, séchant ses larmes, elle prit le parti de décrisper l'atmosphère :

« Écoutez... je crois qu'il vaudrait mieux que nous parlions d'autre chose, dit-elle avec un pâle sourire, ce n'est vraiment pas le genre de conversation indiquée pour un malade. »

Ne voulant sans doute pas remuer le couteau dans la plaie, Ongoosun n'ajouta rien de plus, préférant se taire momentanément.

« Pauvre créature... si jeune et déjà si marquée par le destin » se dit-il en son for intérieur.

Un peu plus tard, après quelques instants d'un silence recueilli, la conversation reprit sur un tout autre tour...Petit à petit, l'atmosphère se détendit, devenant plus conviviale, la causerie plus détendue, Ongoosun s'exprimait avec une remarquable aisance et abordait les sujets les plus divers. Son esprit était pétri de connaissances et il semblait avoir beaucoup voyagé. Il parlait posément, avec élégance mais sans fioritures ni beaucoup de gestes, avec l'assurance de quelqu'un qui sait de quoi il retourne. Suspendue à ses lèvres, Iyéwa l'écoutait avec attention, de plus en plus admirative à mesure qu'il parlait. Visiblement heureux d'avoir réussi à captiver la jeune femme et à dissiper l'amertume de son cœur, Ongoosun lui fit le récit de sa vie à Igosun, cité dont son père était le Baalè. Fervent adepte d'Ogun, le dieu du fer, l'Orisha qui vit dans les flammes de la forge et sur les champs de bataille, il avait aussi été initié aux mystères d'Ifa et connaissait parfaitement tous les grands poèmes divinatoires. Il était également champion de tir à l'arc.

Il affectionnait d'ailleurs ce sport, qui est aussi un art, dans lequel il excellait. C'était la raison pour laquelle, expliqua-t-il à Iyéwa, il vouait un culte particulier à Oshooshi, le frère d'Ogun et dieu de la chasse, l'archer légendaire des Orishas.

« Chaque année, dit-il, je me rends au rocher d'Olumo, à Abeokuta, pour y faire des offrandes à Oshooshi qui n'est certes pas mon Orisha personnel, mais que j'aime beaucoup et qui m'apparaît parfois en rêve. »

Ongoosun raconta bien d'autres choses tout aussi passionnantes qu'il avait vues de ses propres yeux ou vécues en personne au cours de ses nombreux voyages aux quatre coins du pays Yorouba et même au-delà. Le temps passa vite, trop vite même pour Iyéwa, et ce fut à regret qu'elle dut s'arracher à la conversation pour aller préparer le repas du soir.

Une fois dans la cuisine, elle rassembla ce qu'elle avait de meilleur, déployant tous ses talents, tout l'art et la finesse de cuisinière émérite qu'elle avait toujours eu la réputation d'être et qu'elle s'était déjà acquise du temps où elle vivait à la cour du roi Olowo, son père.

Elle prépara de l'igname coco cuite à la vapeur, du rôti de viande de brousse, des beignets de manioc et de patate douce, de la banane plantain frite à l'huile de palme et pour terminer, un délicieux gâteau de maïs.

Le repas fut succulent et, Ongoosun mangea avec appétit et l'un après l'autre tous les plats que lui présentait Iyéwa, heureuse de le voir se régaler de la sorte.

Lorsqu'il eut fini de manger, il ne restait plus une seule miette de nourriture et il émit un petit rôt de satisfaction, signe qu'il était rassasié.

« Eh bien, ma jeune dame, dit-il en se tournant vers Iyéwa, c'était délicieux ! Un vrai régal ! Vous êtes vraiment une fine cuisinière.

— Merci », répondit Iyéwa que ce compliment remplit d'aise.

Pour terminer, elle offrit à son hôte une belle noix de kola rouge et lui servit du vin de palme. « Exquis », dit Ongoosun en goûtant le pétillant et capiteux liquide.

Le repas terminé, la conversation reprit et se prolongea jusqu'à une heure avancée de la nuit

Puis lorsqu'elle jugea qu'il était temps de laisser son hôte se reposer, Iyéwa prit congé et regagna sa chambre à coucher. Elie s'endormit le cœur léger et, chose qui ne lui était pas arrivée depuis longtemps, passa une nuit paisible.

~~~

Le lendemain matin, Iyéwa se leva du bon pied et prépara un copieux petit déjeuner. Ongoosun déjà réveillé la regardait rentrer et sortir d'une pièce à l'autre en souriant avec bonté. Lorsqu'elle s'en aperçut, la jeune femme lui rendit un sourire également aimable et le salua respectueusement:

« Bonjour. Avez-vous passé une bonne nuit ?

— Excellente, merci. Et vous ?

— Pareillement, répondit Iyéwa qui ajouta, eh bien, je suis contente que vous avez bien dormi. Et maintenant, je vais vous apporter le petit déjeuner car je suppose que vous devez avoir faim. »

Iyéwa servit à son hôte de la bouillie de maïs, des beignets de farine de maïs, de l'igname d'eau râpée frite et un gros morceau de gâteau de manioc.

« Mangez bien, lui dit-elle en posant les plats de nourriture sur une petite table, il faut reprendre des forces.

— A ce rythme-là, je serai bientôt capable de tendre l'arc d'Oshooshi lui-même ! plaisanta Ongoosun.

— Vous croyez vraiment ? » répondit Iyéwa qui ouvrit en riant la porte d'entrée et sortit rejoindre ses compagnes qui l'attendaient pour aller au ramassage du bois mort en forêt.

Ce matin-là, les amies de Iyéwa furent tout étonnées de la voir si gaie et si active.

Elles s'en réjouirent toutes, car elles avaient certes beaucoup de respect, mais aussi beaucoup d'estime pour la femme d'Orunmila qui, en dépit de sa haute naissance, avait su rester simple, ouverte et franche.

Ce jour-là, Iyéwa quitta beaucoup plus tôt que d'habitude le marché où elle vendait le bois mort qu'elle avait ramassé en forêt et, lorsqu'elle rentra chez elle, le crépuscule n'avait pas encore commencé de rosir l'horizon.

Elle hâta le pas et fut bientôt en vue de la grande demeure du prince des devins.

Son cœur se mit à battre plus vite quand elle eut poussé la porte d'entrée et qu'elle vit se pressant comme des oisillons, ses enfants rassemblés autour d'Ongoosun qui leur racontait des histoires. Dès qu'ils se rendirent compte de sa présence cependant, ils coururent se blottir contre elle, sous le regard attendri d'Ongoosun.

« Ont-ils été sages ? demanda Iyéwa d'une voix émue.

— Parfait, répondit Ongoosun avec affection, ce sont de charmants enfants. Je vous félicite de leur bonne éducation.

— Et comment vous sentez-vous ce matin ? enchaîna Iyéwa.

— En pleine forme. J'ai même réussi à faire quelques pas. »

Iyéwa se réjouit de constater que son hôte se portait beaucoup mieux, mais elle lui conseilla de ne pas faire trop d'efforts.

« Je vous masserai encore la cheville tout à l'heure. Un peu de baume ne vous fera pas de mal. Tenez, ajouta-t-elle en lui tendant une perle de cornaline rouge sang, prenez cette perle et regardez-la bien fort.

— Qu'est-ce que c'est ? demanda Ongoosun, intrigué.

— Une perle d'Osanyin, répondit Iyéwa, ma grand-mère, qui était une adepte du dieu des herbes, m'en a laissé un collier avant de mourir. Elles ont un grand pouvoir curatif, il suffit de se concentrer sur leur éclat apaisant pour se sentir aussitôt soulagé.

Elle parlait avec une telle conviction qu'Ongoosun prit la perle sans hésiter.

— Je suis sûr qu'avec cela je serai complètement guéri », dit-il doucement, et il ajouta, « je vous fais entièrement confiance, ma jeune dame. Vous avez pour moi le visage de la providence et, si je n'étais pas sûr que vous êtes un être humain, je vous aurais prise pour une déesse »

Le reste de la journée s'écoula paisiblement et la deuxième soirée que Iyéwa passa en compagnie d'Ongoosun fut encore plus agréable que la veille. Après avoir fait manger ses enfants et allaité le dernier-né, elle leur chanta une berceuse pour qu'ils s'endorment plus vite, et revint dans la salle de séjour auprès de son hôte.

Ce dernier continua d'émerveiller sa bienfaitrice par ses vastes connaissances et la vivacité de son esprit et, tout comme la veille, elle resta à l'écouter passionnément jusque fort tard dans la nuit.

Lorsqu'elle regagna sa chambre, Iyéwa dormit d'un doux sommeil et fit des rêves merveilleux.

Plongée dans les profondeurs sacrées, au fond des eaux où règnent majestueusement dans leurs magnifiques palais de laiton les puissantes déesses aquatiques, elle vit Yemoja, Oya, et la séduisante Oshun, toutes parées de guirlandes de fleurs et de coquillages. Yemoja agitait doucement son éventail magique, pendant qu'Oya faisait tinter ses bracelets de cuivre et qu'Oshun tenait ses mains croisées au-dessus de sa tête dans un geste exprimant la joie et l'amour. Les trois déesses souriaient à Iyéwa et leurs yeux dilatés roulaient en jetant des éclairs.

Mais le lendemain matin, le réveil de la jeune femme fut beaucoup moins agréable que son idyllique nuit pleine de rêves enchanteurs, et une assez triste surprise l'attendait.

En sortant de sa chambre pour préparer le petit-déjeuner, elle trouva Ongoosun debout, vêtu de pied en cap, le sac en bandoulière et, semblait-il, sur le point de s'en aller, de quitter la maison d'Orunmila.

« Eh bien, ma jeune dame, dit-il en arborant un grand sourire, je crois qu'il est grand temps pour moi de partir. Je suis complètement rétabli grâce à vous et j'ai assez abusé de votre hospitalité comme cela.

— Comment...vous...vous voulez partir ? Déjà ?... » bégaya Iyéwa que ce brusque départ prenait au dépourvu.

— Oui, poursuivit Ongoosun qui ne s'était pas aperçu du trouble que cette décision avait provoqué chez Iyéwa, il faut bien que je continue ma route. Vos soins ont fait merveille et je ne ressens maintenant plus la moindre douleur au pied. Je marche parfaitement bien.

— Vous en êtes bien sûr ? interrogea Iyéwa avec insistance.

— Absolument sûr et certain, affirma Ongoosun, péremptoire, ne vous faites aucun souci pour cela.

— Mais...vous mangerez quand même quelque chose avant de partir... », insista Iyéwa, tentant de le retenir encore un peu. Elle avait la gorge sèche et nouée et faisait de grands efforts pour retenir les larmes qui commençaient à humecter le coin de ses yeux. A présent, elle en était sûre, ce qu'elle redoutait depuis le premier instant où elle l'avait vu s'était produit : elle était tombée amoureuse d'Ongoosun.

Et maintenant, le moment de la séparation arrivé, elle désirait de toute son âme qu'il restât encore avec elle.

Mais il était trop tard. Il avait pris sa décision et la pudeur interdisait à Iyéwa de trop insister à le retenir et à montrer qu'elle était affectée par son brusque départ.

« Merci infiniment, répondit Ongoosun, j'ai beaucoup apprécié votre hospitalité et votre gentillesse, mais j'ai déjà perdu assez de temps comme cela. Il me faut aller très vite maintenant, car l'on attend mon retour avec impatience à Igosun.

— Heureusement que je me trouvais sur votre chemin. Sans vous je n'aurais certainement pas pu continuer mon voyage et les dieux seuls savent ce qu'il serait advenu de moi.

— Bon...eh bien, dans ce cas, il ne me reste plus qu'à vous dire adieu et à vous souhaiter bonne chance... », dit d'une voix tremblotante Iyéwa qui ne parvenait plus à cacher sa tristesse.

Et c'est seulement à ce moment qu'Ongoosun se rendit compte du chagrin que son départ causait à la jeune femme. Lui-même était un peu triste et avait de la peine de la voir dans cet état. Mais il mit cela sur le compte de la sensibilité qui est propre aux femmes et qui leur arrache des larmes à la moindre contrariété. Néanmoins il fit de son mieux pour la consoler et la prenant par les épaules lui parla, d'une voix très douce :

« Ecoutez, ma chère Iyéwa, je sais que je vous dois une reconnaissance éternelle, et jamais je n'oublierai tout ce que vous avez fait pour moi. Je vous promets de repasser chez vous dès que j'aurai accompli ma mission à Ketou. »

C'était la première fois qu'Ongoosun l'appelait par son prénom depuis qu'il était sous son toit, et cela ne fit qu'accroître l'émotion de la jeune femme qui ne répondit rien à ces dernières paroles, de peur de fondre en larmes.

« Prenez bien soin de vous-même et de vos si mignons enfants », dit Ongoosun en se dirigeant vers la porte d'entrée suivi d'Iyéwa, qui l'accompagnait la mort dans l'âme.

Voyant qu'elle était toujours aussi triste, il se retourna et, avant qu'elle n'ait eu le temps de réaliser ce qui lui arrivait, passa autour du cou d'Iyéwa un superbe collier de laiton.

« Portez-le en souvenir de moi. Il vous portera bonheur et vous protègera », dit-il en souriant

« Prenez également ceci », ajouta Ongoosun en mettant dans la main d'Iyéwa une bourse pleine à craquer de cauris. « Vous en aurez sans doute besoin pour les temps à venir. »

Sans mot dire, Iyéwa prit la précieuse bourse et la serra fort contre son cœur. Elle contenait de quoi la faire vivre plus d'une année entière, elle et ses enfants.

Puis Ongoosun poussa la porte et, d'un pas décidé, en franchit le seuil. Se retournant une dernière fois, il adressa un affectueux salut de la main à la malheureuse Iyéwa qui se tenait debout immobile comme une statue, muette de tristesse, d'amertume et de désespoir.

« Adieu Iyéwa, cria-t-il encore de sa voix limpide, nous nous reverrons bientôt. »

Et il s'élança dans la campagne.

Son sac de voyage en bandoulière, il marchait d'un pas rapide et souple. Mains croisées sur la poitrine, Iyéwa le regardait qui s'éloignait de plus en plus. Des larmes amères embuaient ses yeux et son cœur était en lambeaux. Elle avait l'impression de mourir et le départ d'Ongoosun lui rappelait étrangement celui de son mari Orunmila. Il avait le même goût amer et désespérant.

Comment allait-elle s'en remettre ? Tout à coup, un cri brisa le silence. Un cri déchirant, pathétique, vibrant de toute la détresse du monde. Un cri jailli de la poitrine oppressée de la jeune femme qui, malgré tous ses efforts, n'avait pu l'y retenir plus longtemps.

« Ongoosun ! »

Tel un félin surpris en pleine course par un coup de feu impromptu, Ongoosun s'arrêta net et fit volte-face.

Lorsqu'il vit Iyéwa debout, en sanglots, son sang ne fit qu'un tour et, n'écoutant plus que son cœur, il rebroussa chemin à grandes et rapides enjambées.

En quelques foulées, il la rejoignit et, sans dire un mot, il la souleva dans ses bras vigoureux où elle se blottit comme une enfant.

« Je vous en prie... », supplia-t-elle « ...ne me quittez pas...ne me laissez pas seule. »

Pour toute réponse, Ongoosun poussa du pied la porte d'entrée et transporta jusque dans sa chambre à coucher Iyéwa qui ne pleurait plus, mais tremblait comme une biche effarouchée.

Là, il la déposa sur le grand lit conjugal et lui-même s'étendit à ses côtés, la caressant avec douceur. Puis il la serra davantage contre lui et commença de la couvrir de baisers...

Toute brûlante d'amour et de désir, Iyéwa répondit à son étreinte par des caresses et des baisers tout aussi passionnés.

Se laissant aller à l'ivresse des sens et au tourbillon irrésistible du plaisir, ils roulèrent sur le grand lit, étroitement enlacés, oubliant même jusqu'à la notion du temps.

Bientôt, ils ne firent qu'une seule et même chair, et leurs deux corps réunis vibrèrent du même chant d'amour, de cet amour passionné, né sans doute en eux depuis la première fois où ils s'étaient vus.

〜〜

Pour le plus grand bonheur d'Iyéwa, Ongoosun décida de rester quelques jours de plus et lui fit le serment de revenir chez elle aussitôt après son retour d'Otun.

La décision d'Ongoosun transforma complètement la vie d'Iyéwa et dès lors, les jours se succédèrent tous plus heureux les uns que les autres.

L'angoisse et la tristesse s'étaient dissipées comme fumée au vent, faisant place à la joie et à l'amour.

Iyéwa était radieuse.

Ongoosun et elle s'aimaient à présent sans retenue, et la jeune femme se laissait vivre, insouciante, s'abandonnant à ce bonheur nouveau, comme s'il ne devait jamais connaître de fin.

Quant à Ongoosun, il était devenu si amoureux de Iyéwa qu'il semblait ne même plus envisager la perspective d'un départ prochain. Chaque jour, il remettait son voyage au lendemain, trouvant toujours de nouveaux prétextes pour surseoir à sa mission. Et ce n'était certes pas Iyéwa qui eut tenté de l'en dissuader. Grâce à lui, elle était à l'abri du besoin et ne se fatiguait guère plus pour nourrir sa progéniture.

Elle était redevenue opulente, rayonnait et pétillait de santé comme aux plus beaux jours de sa jeunesse à la cour du roi Olowu son père.

Tous les matins cependant, elle se rendait au marché où elle achetait tout ce qu'il fallait pour mijoter les plats les plus délicieux à l'homme qui lui avait redonné le goût de vivre.

Pendant ce temps, Ongoosun, lui, allait à la pêche dans un étang non loin de là et en profitait pour humer l'air pur et le parfum sauvage de la forêt et s'enivrer du chant des oiseaux qui lui paraissait ici plus beau que partout ailleurs où il l'avait déjà entendu.

Ainsi, le temps s'écoulait dans le bonheur et l'harmonie pour les deux amants qui ne s'inquiétaient de rien, car, aucun nuage ne venait troubler leur idylle qui semblait devoir durer éternellement.

Mais les desseins des dieux sont impénétrables et les tours du destin plus imprévisibles que la foudre de Shango lorsqu'éclate l'orage en pleine saison des pluies. Les dieux ont des yeux intérieurs pour voir le monde des cieux et des yeux extérieurs pour observer le monde des hommes et des femmes. Ils ont le pouvoir de faire se matérialiser les choses et, lorsqu'ils disent « *Ashé...* », ce qui était en état de virtualité devient réalité.

Eshu est le détenteur d'*ashé* et l'incarnation du carrefour, et lorsqu'il apparaît portant sur la tête son chapeau, noir d'un côté et rouge de l'autre, c'est le signe qu'un changement va se produire. Eshu est deux frères jumeaux que l'on appelle bonheur et malheur et qui habitent dans la même case : lorsque l'un sort, c'est pour laisser entrer l'autre. Tel est Eshu, le vagabond sans foyer qui, favorable, modifie la pire des destinées mais qui, hostile, assombrit l'événement le plus brillant.

Voilà pourquoi les plus sages parmi les sages pleurent lorsqu'un bonheur leur arrive et rient lorsqu'un malheur leur tombe sur la tête.

~

Un soir, Iyéwa, debout sur le seuil de sa maison, attendait avec impatience le retour de l'élu de son cœur, celui qui lui avait fait redécouvrir la douceur de vivre et l'amour au goût de miel. De loin, elle l'aperçut qui revenait de l'étang, d'un pas rapide et ferme. Le cœur de la jeune femme tressauta dans sa poitrine. Elie ne pouvait voir l'air sombre, les narines frémissantes et les yeux brillants de colère d'Ongoosun, et elle courut joyeusement à sa rencontre.

Mais, au lieu de l'enlacer tendrement comme il le faisait d'habitude, Ongoosun la repoussa avec brutalité, la bousculant presque.

« Arrière, femme mauvaise ! Ne me touche pas ! » dit-il d'une voix vibrante de colère et de mépris. Abasourdie, à moitié assommée par la surprise, Iyéwa recula de deux pas et ouvrit la bouche. Mais aucun son n'en sortit.

On eût dit que la foudre de Shango lui était tombée sur la tête. Les yeux grands ouverts, elle regardait Ongoosun, incrédule, ne parvenant pas à réaliser ce qui lui arrivait et son cœur battait en désordre. Puis elle parvint à se ressaisir un peu et dit d'une voix blanche :

« Ongoosun mon amour, que se passe-t-il ? Qu'est-ce qui vous mis dans un pareil état ?

— Qu'est-ce qui m'a mis dans un pareil état ? répéta Ongoosun en serrant les mâchoires et d'une voix encore plus sourde et menaçante, tu oses me demander cela après ce que tu as fait ? »

C'était la première fois qu'il lui parlait sur ce ton et Iyéwa, effrayée, recula encore de quelques pas. A présent, Ongoosun lui faisait peur. « Mais...mais... qu'ai-je fait de mal ? De quelle faute suis-je coupable ? bégaya-t-elle faiblement.

— Ah bon, tu ne sais donc pas quel est ton forfait ? » dit Ongoosun, martelant ses mots comme s'il voulait les broyer entre ses dents. « Eh bien, je vais te le dire: tu m'as menti, tu m'as trompé en me faisant croire que ton mari était mort et moi, comme un imbécile, je t'ai crue. Mais à présent je sais toute la vérité. Je sais que tout cela est faux...tout ce que tu m'as raconté n'était qu'un tissu de mensonges ! »

A ces mots, Iyéwa comprit que l'on avait dévoilé son secret à Ongoosun. Alors, rassemblant ce qui lui restait de courage, elle tenta désespérément de le calmer: « Ongoosun...attendez...je vais vous expliquer.

— Tais-toi ! Menteuse ! Tu n'as rien à expliquer ! » coupa brutalement Ongoosun, foudroyant la jeune femme du regard. Ses yeux brillaient d'un éclat terrible et jetaient des éclairs, comme ceux d'une personne possédée par l'esprit d'un dieu.

Terrorisée, Iyéwa se tut et l'homme en colère continua de parler sur le même ton rude, impitoyable.

« Mais, le plus grave de tout cela, c'est que tu es...tu es la femme d'Orunmila, du sublime Orunmila, le prince des devins, le représentant suprême d'Ifa pour qui je n'éprouve que respect et vénération.»

Il s'arrêta un moment de parler et hocha la tête d'un air amer avant de poursuivre, inexorable :

« Tel est celui qu'à deux reprises tu as eu l'audace de trahir et dont tu ne mérites certes pas d'être l'épouse !»

Blottie dans un coin, Iyéwa ne bougeait plus et son beau visage noyé de larmes était ravagé par la douleur et le chagrin. Elle était comme un oisillon surpris par un orage dans une sombre forêt.

Mais Ongoosun, le doux, le généreux Ongoosun était devenu inaccessible à la pitié.

« Femme infidèle et sans scrupules, tu n'es qu'une joueuse et mon plus grand regret est de t'avoir connue ! »

Ces derniers mots résonnèrent comme une gifle cinglante dans les oreilles bourdonnantes d'Iyéwa qui se jeta en suppliant aux pieds d'Ongoosun :

« Je vous en prie, Ongoosun, ayez pitié de moi. J'étais seule, sans défense, sans ressources... Et sa voix se brisa dans un sanglot pathétique.

— Ecarte-toi de mon chemin, femme de peu, courtisane sans vertu ! dit Ongoosun d'une voix dure, glaciale, tranchante comme une lame d'acier, oublie-moi, car pour moi, tu es morte ! » Puis, enjambant le corps de la pauvre Iyéwa effondrée, il prit son sac de voyage, ouvrit la porte et sortit de la maison d'Orunmila sans accorder le moindre regard à la jeune femme.

A grands pas rapides, décidés, Ongoosun prit ensuite la direction de l'ouest, vers Otun et bientôt, disparut à l'horizon.

~~~

Dans la période qui suivit le départ d'Ongoosun, Iyéwa sombra dans le plus profond des désespoirs. Nuit et jour elle pleurait, versant toutes les larmes de son corps et, pour ainsi dire, elle ne mangeait plus.

Elle resta enfermée plusieurs jours d'affilée prostrée, en proie à d'interminables crises de larmes qui la vidaient et la laissaient sans force.

Prises de pitié pour elle et surtout pour ses enfants, quelques-unes de ses amies et voisines faisaient de leur mieux pour lui venir en aide et la soulager. Les unes restaient à son chevet et la consolaient comme elles le pouvaient, récitant même des prières et brûlant de l'encens dans sa chambre à coucher; pendant ce temps, les autres s'occupaient de l'entretien de la maison et préparaient le repas des enfants. Elles se montrèrent serviables et charitables comme seules savent l'être les personnes dont l'amitié est sincère et désintéressée, qui vous assistent aussi bien dans le bonheur que dans les épreuves.

Mais les larmes d'Iyéwa ne tarissaient pas et, en quelques jours, elle maigrit tellement que ses amies, inquiètes, firent venir à son chevet un guérisseur de renom qui lui administra un remède très efficace pour l'empêcher de mourir d'inanition.

Il lui fit faire également des fumigations qui avaient la vertu d'éloigner les mauvais esprits et de neutraliser les forces destructrices du mal. Des poignées d'un encens âcre furent jetées dans l'encensoir, dégageant une fumée si épaisse qu'Iyéwa toussait comme si elle allait rendre l'âme.

Le départ brutal d'Ongoosun l'avait ébranlée jusqu'au plus profond de son être, ouvrant dans son cœur une blessure inguérissable. Jamais elle ne s'était sentie aussi meurtrie, aussi violemment choquée, humiliée et cet homme qui l'avait aimée si fort et qu'elle avait aimé avec une égale passion, cet homme pourtant avait plongé son âme dans la douleur et le désespoir. Il l'avait abandonnée, rejetée comme une vulgaire courtisane. Il avait détruit ses rêves, balayé ses illusions et la déchirure qu'il avait provoquée en elle était si intense qu'elle lui semblait un couteau fouillant dans ses entrailles.

Elle avait perdu toute envie de vivre et restait inconsolable malgré le réconfort et le soutien que ses amies lui prodiguaient inlassablement.

Au fond d'elle-même, bien qu'elle sût parfaitement que c'était là une pensée sacrilège, elle ne désirait plus qu'une seule chose : mourir.

～～～

Mais un soir, épuisée par les nuits successives d'insomnie et le manque d'alimentation, Iyéwa sombra dans un profond sommeil et vit en rêve sa défunte grand-mère qui l'aimait beaucoup et l'avait élevée.

Tout de blanc vêtue, la vieille femme avait la tête ceinte d'un diadème de fleurs; dans sa main droite, elle tenait un éventail rond et dans la gauche un glaive étincelant. Ses yeux dilatés brillaient d'un éclat surnaturel et, malgré la sérénité des traits de son visage, elle arborait un air grave et sévère.

Sa voix résonna comme un écho lointain venu d'outre-tombe.

« Iyéwa...Iyéwa... tu n'as pas le droit...tu n'as pas le droit...tu es une princesse de sang...une princesse de sang... »

Puis l'image s'évanouit, la voix lointaine s'estompa, l'esprit d'Iyéwa s'envola du pays des rêves et, lorsqu'elle ouvrit à nouveau les yeux, elle vit le regard plein de compassion de ses amies assises autour d'elle et qui l'éventaient. Elle leur adressa un pâle sourire et fit un petit signe de la tête en guise de remerciement.

Le rêve d'Iyéwa lui fut salutaire et décisif pour sa survie.

Des jours durant, les étranges paroles de sa grand-mère ne cessèrent de résonner dans sa tête comme une obsédante litanie: « Tu n'as pas le droit... tu n'as pas le droit... tu es une princesse de sang... tu es une princesse de sang... une princesse de sang... »

Alors, puisant au plus profond d'elle-même, là où sont cachées les forces et l'énergie insoupçonnées de l'être, celles qui rendent l'homme capable d'actes aussi grandioses que ceux des dieux eux-mêmes, Iyéwa réagit contre cet instinct mauvais qui la poussait insidieusement à se détruire. Dans un sursaut d'orgueil, elle reprit conscience de sa condition et de son rang de princesse.

Elle, la fille du roi Olowo et de surcroît la femme d'Orunmila, l'illustre prince des devins d'Ifa, n'avait aucunement le
droit de céder au désespoir.

Elle se souvint des paroles de sa grand-mère qui aimait à dire
que la vraie noblesse n'est pas seulement celle de la naissance et
du sang, que c'est aussi celle du cœur et surtout du caractère,
qui donne à ceux qui en ont la force de triompher des épreuves
les plus difficiles.

Toutes ces pensées la stimulèrent, lui redonnant courage et
volonté.

Elle tendit tout son être dans un immense effort et parvint
petit à petit à reprendre son empire sur elle-même, à surmonter
la douleur, le désespoir et tous les assauts des forces du mal qui
cherchaient à la miner, à aspirer sa force vitale pour finalement
la détruire et l'entraîner vers le ténébreux royaume des ombres.

En elle l'instinct de vie luttait triomphalement contre les
forces de mort.

Au bout de quelques jours, elle remercia ses dévouées et
fidèles amies qui continuaient à venir assister et, malgré leurs
protestations, se remit au travail, à grand-peine certes, mais
avec amour et détermination:

Elle assura, comme elle l'avait toujours fait, les travaux domestiques et la préparation des repas. Bien sûr, il n'était pas
question qu'elle allât en forêt ramasser du bois mort.

Mais fort heureusement, de ce côté elle était tranquille et
n'avait pas d'inquiétude, car Ongoosun lui avait laissé une subs-
tantielle quantité de cauris qui la mettaient à l'abri du besoin
pour de longs mois encore. Cependant, Iyéwa n'était pas femme
à rester inactive et lorsqu'elle sentit qu'elle avait recouvré suffisamment de forces, elle reprit le chemin de la forêt et celui

du marché (où elle ne manquait désormais jamais de verser de l'huile de palme sur les *Eshu-yangi*), afin d'économiser le plus longtemps possible l'argent qui lui restait.

Bientôt un mois s'écoula après le départ d'Ongoosun et lorsqu'arriva la période de ses menstrues, Iyéwa ne vit aucune tâche de sang rougir son linge intime. Alors elle comprit qu'elle avait été fécondée.

Telle était la terrible évidence à laquelle elle était de nouveau confrontée et qui l'obligeait, une fois de plus, à faire face à l'implacable destin.

La peur, l'angoisse et le désarroi s'emparèrent de la jeune femme. Dans son affolement, la première pensée qui lui vint à l'esprit fut de faire disparaître cet embryon qui avait commencé de germer dans son sein. Mais Iyéwa savait que la vie humaine est sacrée et le souverain respect qu'elle en avait chassa d'elle cette pensée sacrilège.

Il y avait aussi, malgré tout, le souvenir encore vivace d'Ongoosun, des doux moments et de l'intense bonheur qu'elle avait vécus avec lui, qui la submergèrent et ôtèrent de son esprit toute idée d'infanticide.

Non, cet homme qu'elle avait tant aimé et qu'un destin contraire avait séparé d'elle, Iyéwa n'aurait jamais pu se résoudre à supprimer la vie qu'il avait fait naître en elle, fruit de leur amour brûlant et passionné.

A la seule pensée qu'elle portait dans ses entrailles l'enfant d'Ongoosun, Iyéwa se sentait progressivement emplie d'une joie mélancolique, d'une poignante nostalgie et d'une foule d'autres sentiments indéfinissables.

Elle prit finalement la décision de garder son enfant, quoiqu'il pût lui en coûter, et d'affronter comme elle pourrait les difficultés qui ne manqueraient pas d'en découler.

Le temps passa vite et bientôt, le ventre de Iyéwa fut assez proéminent pour être remarqué par ses voisines. La jeune femme s'aperçut rapidement de leur attitude indifférente et même un peu dédaigneuse pour certaines d'entre elles. Il était clair qu'elles n'approuvaient pas cette seconde grossesse, ou même qu'elles la condamnaient dans leur for intérieur.

La plupart des amies d'Iyéwa cessèrent de lui rendre visite et elle se retrouva seule avec ses enfants. La tristesse, l'amertume et la mélancolie devinrent ses seules compagnes et souvent, lorsqu'elle était dans sa chambre, elle pleurait doucement en pensant à tous les malheurs qui s'étaient abattus sur elle depuis qu'Orunmila était parti sans plus faire signe de vie.

Mais parfois ses pensées devenaient plus douces, lorsqu'elle caressait son ventre arrondi où bougeait l'enfant de cet homme nommé Ongoosun et qu'elle n'oublierait jamais.

Iyéwa vécut ainsi dans la solitude jusqu'aux jours de la grossesse.

Arrivée au terme, elle accoucha dans le plus grand secret, assistées par deux de ses plus fidèles amies venues chez elle en cachette.

A leur grande surprise, la femme d'Orunmila mit au monde des jumeaux ! Deux beaux petits garçons potelés et bien portants. Il n'y eut ni cérémonie ni festivités, et seul un devin d'Ifa qu'il avait fallu faire venir à grand renfort d'argent accepta d'accomplir le rituel du baptême pour les deux enfants d'Iyéwa.

L'un des jumeaux fut poétiquement baptisé Aluko.

Quant au second, Iyéwa lui donna, elle-même ne sut trop pourquoi, le prénom plutôt rébarbatif d'Agbigbo-Niwonran. La jeune femme avait désormais non plus quatre, mais... six bouches à nourrir ! Les temps à venir s'annonçaient sous de difficiles auspices. Néanmoins, Iyéwa allaita ses jumeaux avec amour et, jusqu'au moment de les sevrer, elle n'eut pas besoin d'aller ramasser du bois mort en forêt, l'argent que lui avait laissé Ongoosun suffisant à pourvoir à tous ses besoins. Mais passé ce moment, les réserves de cauris et de nourriture commencèrent à s'épuiser et bientôt la fille du roi Olowo fut de nouveau contrainte d'aller dans la forêt ramasser du bois mort.

Ce pauvre et ingrat labeur était devenu d'autant plus pénible pour elle que ses voisines et compagnes d'antan avaient pris leurs distances et évitaient même de lui adresser la parole ou de faire chemin avec elle.

Malheur à celui par qui arrive le scandale. Iyéwa n'en faisait que trop l'expérience. Au poids de la souffrance venait à présent s'ajouter celui du mépris et de l'humiliation.

~~~

Une année s'écoula. Iyéwa avait terriblement dépéri et n'était plus que l'ombre d'elle-même. Bien qu'elle eût conservé l'essentiel de son éclatante beauté, elle était d'une effrayante maigreur. Elle avait les joues creuses et ses épaules s'étaient voûtées. Toutes les souffrances et les épreuves qu'elle avait endurées l'avaient prématurément vieillie et des cheveux blancs lui poussaient sur la tête. Ses grands yeux brillaient encore de leur éclat naturel, mais une profonde tristesse, une immense lassitude s'y lisaient à présent.

Les frères d'Iyéwa, qui venaient de temps à autre lui rendre visite, n'avaient pas manqué de remarquer les changements qui affectaient leur sœur. Mais comme elle ne se plaignait jamais et s'efforçait de paraître enjouée et de garder son naturel en leur présence, ils attribuaient cette métamorphose à la solitude qui était devenue son lot depuis le départ de son époux, le prince des devins. Ils l'aimaient beaucoup et elle le leur rendait bien. Mais malgré toute l'affection qu'ils lui témoignaient, jamais ils ne se seraient aventurés à lui poser la moindre question au sujet de son ménage, car cela eût été contraire aux règles de la bienséance et eût pu même paraître comme une offense à l'endroit d'Orunmila. Aussi, lorsqu'ils repartaient de leurs visites, était-ce toujours avec des sentiments d'amertume et d'inquiétude dans le cœur. Mais ils ne pouvaient rien faire pour elle, car c'était toujours avec le sourire aux lèvres qu'Iyéwa se séparait d'eux. Comme elle aurait pourtant aimé leur avouer sa détresse !...

Cela l'aurait soulagée et ses frères l'eussent sans aucun doute secourue et résolu tous ses problèmes. Mais elle ne le pouvait : sa naturelle pudeur et sa fierté de princesse l'en empêchaient ; une sorte de force secrète la retenait aussi de parler et de laisser transparaître sa douleur.

En fait, si Iyéwa continuait à vivre et à lutter, c'était non plus pour elle, mais pour ses enfants qu'elle adorait. Ils étaient sa seule famille et sa véritable raison de vivre. Elle les aimait tous d'un égal amour, aussi bien les légitimes enfants qu'elle avait eus de son mari que les enfants naturels d'Ondaaro puis d'Ongoosun.

Au fond d'elle-même brûlait encore pourtant la flamme de l'espérance et subsistait, ténu mais tenace, l'espoir qu'Orunmila reviendrait un jour... Et cette pensée la soutenait, l'aidait à survivre. Mais à mesure que passait le temps, Iyéwa sentait décroître ses forces et augmenter sa fatigue, à tel point qu'elle se demandait parfois si elle n'allait pas un beau jour tomber morte d'épuisement. Cette pensée l'emplissait de désespoir, car elle se demandait qui voudrait bien s'occuper de sa progéniture si un tel malheur venait à se produire...

La nuit venue, écrasée de fatigue, elle sombrait dans un sommeil de plomb, ce qui ne l'empêchait pas d'être sur pied dès le premier chant du coq pour commencer une nouvelle et longue journée de labeur.

Parfois, il lui arrivait de rêver d'Orunmila. Il lui apparaissait le plus souvent l'air sombre et le regard étincelant. Sa tête, auréolée d'éclairs, était surmontée d'une chevelure touffue qui flamboyait comme une forêt incendiée. Immobile, les bras croisés sur la poitrine, il ne disait mot, ne faisait aucun geste et des coups de tonnerre éclataient tout autour de lui.

Mais ces apparitions étaient brèves, fulgurantes, et l'image d'Orunmila s'estompait aussi rapidement qu'elle apparaissait, laissant Iyéwa tremblante d'émotion, le cœur battant à tout rompre.

Et ainsi, les jours, puis les semaines, puis les mois s'écoulaient lentement. Le temps s'étirait interminablement avec son cortège de peines et de souffrances qui sont le lot quotidien des hommes et des femmes vivant sous le ciel. Iyéwa continuait de lutter avec courage afin de surmonter tous les obstacles qui se dressaient devant elle. Elle priait aussi sans cesse et multipliait les sacrifices et les offrandes pour obtenir le secours des orishas qui seuls détiennent les clés de la destinée humaine.

LE RETOUR D'ORUNMILA

Rapide comme une flèche d'Oshooshi, le temps avait passé. Le temps, souverain tyrannique qui efface tour à tour les joies et les peines, le bonheur et le malheur. Le temps dont la course irréversible est ponctuée par les naissances et les morts qui alternent sans discontinuer.

Bien des années s'étaient écoulées. Mûrie par le labeur et la souffrance, l'opiniâtre Iyéwa avait réussi à résister à l'usure destructrice du temps. Les épreuves que lui avait imposées le destin n'avaient pas eu raison de sa farouche volonté de survie et avaient trempé son caractère, faisant d'elle une femme équilibrée et sûre d'elle, mais aussi austère et très secrète.

Fervente adepte d'Oshun, la déesse de l'amour à la beauté ravageuse à qui elle rendait un culte quotidien, Iyéwa n'avait pas d'amis. Elle ne fréquentait personne et ne recevait personne chez elle. Ses voisins ne la voyaient que de loin, mais lorsqu'il leur arrivait de croiser son chemin, ils la saluaient avec déférence et une sorte de respect révérenciel, car elle leur inspirait à la fois la crainte et l'admiration.

Un halo de mystère avait fini par entourer la personne d'Iyéwa qui vivait en compagnie de ses six enfants. Ces derniers étaient tous devenus de solides gaillards. Amukanlodé-Oyan, l'aîné, avait à présent vingt trois ans, tandis que les jumeaux Aluko et Agbigbo-Niwonran venaient d'étrenner leurs seize ans. Ils étaient tous d'une politesse exemplaire et la bonne éducation qu'ils avaient reçue de leur mère forçait encore l'admiration du voisinage à son endroit. Qu'une femme seule, sans aucun soutien, eût pu éduquer de la sorte six jeunes garçons relevait du prodige.

Les six adolescents étaient ainsi la seule famille de Iyéwa. Ils adoraient leur mère et l'entouraient de soins et d'affection, pourvoyant largement à tous les besoins de la maison.

Avec eux, Iyéwa, comblée, se sentait en parfaite sécurité et ne s'ennuyait jamais. Sans l'ombre d'Orunmila qui continuait de planer sur sa vie et de hanter ses pensées, elle eût été la femme la plus heureuse du monde.

Mais, dix-sept ans après le départ de son mari, Iyéwa continuait de nourrir le secret espoir de revoir un jour le prince de tous les devins. Elle ne pouvait l'oublier, ni se faire à l'idée qu'il était mort. Bien au contraire, chaque jour qui passait renforçait en elle l'intime conviction qu'il était bien vivant. Mais ce dont elle doutait et qui la torturait continuellement était de savoir s'il n'était pas parti pour toujours, l'abandonnant pour quelque obscure raison, elle et ses enfants. Le saurait-elle jamais ?

Ce doute qui subsistait en elle était pire que la certitude de le savoir mort et la rendait toujours plus sombre et taciturne. Parfois, ce terrible pressentiment la rendait si renfermée qu'elle en arrivait à plonger ses enfants dans la perplexité et le désarroi. Ils ne parvenaient pas à comprendre pourquoi à certains moments leur mère s'emmurait dans un silence impénétrable, presque inquiétant. Il y avait là un mystère dont pour l'instant ils ne connaissaient pas le secret.

Cependant Iyéwa avait confiance en la magnanimité des Orishas et, tous les jours, elle se rendait au temple d'Oshun pour y faire des prières et des offrandes propitiatoires afin de s'attirer la sollicitude protectrice de la déesse aux sortilèges puissants et aux charmes bienfaisants.

~~~

Ce jour-là, cinquième et dernier jour de la semaine sainte, Iyéwa revenait d'une cérémonie organisée en l'honneur d'Oya, la déesse du grand fleuve. En dehors de ses propres adoratrices, de nombreuses adeptes d'Oshun et de Yemoja y avaient également pris part, car Oya avait la réputation d'être une déesse très reconnaissante, qui récompensait toujours ceux et celles qui l'honoraient.

La cérémonie avait été particulièrement longue et s'était terminée par une procession autour du temple d'Oya. Les prêtresses ainsi que les simples adeptes, munies de somptueux éventails, avaient défilé et dansé au rythme lancinant des clochettes, des grelots, du grand tambour Iya-ilu et de l'Egwi, le tambourin d'Oshala. Tous ensemble avaient chanté en invoquant Oshun, Oya et Yemoja, et en répétant inlassablement les paroles secrètes seules connues des initiés.

Plusieurs participantes avaient même eu la chance et le privilège unique d'être visitées par des Orishas qui, entrant dans leur corps et se rendant maîtres de leur esprit, avaient parlé par leur bouche. Les prêtres et prêtresses de Shango et d'Ogun avaient vaticiné et fait connaître la volonté des dieux. Chacun devait s'y conformer, car la parole des dieux a valeur de commandement absolu.

La soirée touchait à sa fin et Iyéwa pressait le pas, voulant franchir au plus vite la petite forêt qu'il lui fallait traverser pour arriver chez elle.

Les bruits des tambours et les chants cérémoniels résonnaient encore dans sa tête et continuaient de la faire vibrer. Elle avait beaucoup aimé le chant dédié à Yemoja :
O toi, la plus belle,
Fleur superbe
Harmonie céleste
Toi qui règnes sur les océans...

Elle se souvenait aussi des yeux extraordinairement brillants et dilatés d'une adepte d'Oya possédée par la divinité.

Elle jetait autour d'elle des regards furieux, d'une intensité surnaturelle et qui reflétaient l'*ashé*, l'éclat de l'esprit. Il n'y avait pas de doute : ces yeux d'une blancheur laiteuse et d'un éclat insoutenable, ces yeux qui semblaient vouloir sortir de leurs orbites ne pouvaient être que ceux de la divinité!

Tout à coup, un cri s'éleva et brisa le silence de la forêt, tirant brusquement Iyéwa de ses pensées. Prêtant tout d'abord l'oreille, elle crut entendre une voix qui l'appelait au loin et se dit, incontinente, que c'était ce coquin d'Eshu qui voulait se moquer d'elle. Ce dieu espiègle aimait particulièrement jouer des tours aux marcheurs solitaires et Iyéwa, qui connaissait ses manies, ne se donna même pas la peine de se retourner, poursuivant son chemin du même pas ferme et rapide.

Ce n'était d'ailleurs pas la première fois qu'une chose pareille lui arrivait dans cette forêt qui avait la réputation d'être le domaine d'élection d'esprits malins, parfois très méchants, qui l'infestaient nuit et jour et s'en prenaient aux promeneurs solitaires pour les tourmenter ou même les rendre fous.

En fait, cette forêt était anciennement un igbale, un bois sacré, qui avait été abandonné à la suite de rivalités sanglantes ayant opposé des sociétés secrètes qui se le disputaient. Il n'était donc pas étonnant qu'elle fût pleine de sortilèges et de maléfices et qu'elle soit redoutée aussi bien des voyageurs que de simples promeneurs. Aussi Iyéwa ne s'inquiéta-t-elle pas outre mesure de ces appels lointains, convaincue qu'ils cesseraient bientôt.

Mais contre toute attente et contrairement à ce que pensait Iyéwa, la voix continuait d'appeler avec insistance et son écho puissant se répercutait de loin en loin et de plus en plus fort dans la forêt. Troublée et même un peu effrayée par ce fait inhabituel, Iyéwa, qui n'était pourtant pas femme à se laisser impressionner par des esprits, interrompit sa marche et, joignant les mains, récita des incantations protectrices pour écarter tout danger, toute attaque maléfique.

Mais rien n'y fit.

La voix continuait à résonner, répétant à tue-tête :

« Iyéwa ...Iyéwaa... ! »

Alors le cœur de Iyéwa se mit à battre plus fort, plus vite et elle sentit ses jambes flageoler.

Mais elle ne voulait pas céder à la panique qui affaiblit la raison et peut même conduire à la folie. Prenant son courage à deux mains, elle fit volte-face pour voir de quoi il retournait réellement et, éventuellement, affronter le danger.

C'est à ce moment qu'elle vit (ou crut voir) à une distance qu'elle ne pouvait évaluer un homme de haute stature qui venait vers elle en gesticulant, lui faisant signe de l'attendre.

A cette heure, Iyéwa en était absolument sûre, il n'y avait plus âme qui vive dans cette forêt.

S'agissait-il alors d'un de ces esprits errants, bannis du séjour des morts à cause de leur mauvaise conduite au cours de leur existence terrestre et qui rôdent sans trêve ni repos dans les forêts ou les lieux désertés par les êtres humains ?

Craignant d'être la victime d'un sortilège, Iyéwa voulut s'enfuir, s'éloigner le plus possible de cette silhouette fantomatique qui ne cessait d'avancer vers elle. Mais une force supérieure à la sienne l'en empêchait, la clouant sur place, rivant ses jambes au sol. Elle regardait hébétée cet être qui semblait venir d'un autre monde et qui continuait de marcher du même pas régulier, aérien, irréel, comme dans un rêve.

L'être mystérieux prononça de nouveau le nom d'Iyéwa qui sentit soudain un indéfinissable frisson parcourir tout son corps, de la plante des pieds à la racine des cheveux.

La « voix » avait un timbre clair, velouté, et Iyéwa eut l'impression qu'elle pénétrait en elle, dans sa chair, dans ses os, dans son sang. Cette voix, l'on eût dit qu'elle l'avait déjà entendue quelque part, il y avait très longtemps, dans un rêve ou dans une vie antérieure dont il ne lui restait plus que des bribes de souvenirs pareilles au halo évanescent de la lumière qui s'estompe au-dessus de la mer dans les ultimes reflets crépusculaires. Cette voix, elle en avait aussi l'intime certitude, cette voix aux accents vibrants malgré son irréalité était connue d'elle.

Jadis, elle avait même dû lui être familière et très chère, et c'est pourquoi sans doute elle soulevait toutes ces vagues de sentiments et d'émotions incontrôlables dans le cœur de Iyéwa, semblable à un frêle esquif surpris par une tempête et sur le point de chavirer.

Elle tentait de se souvenir, mais sa mémoire était comme paralysée. Qui était cet homme si c'en était réellement un ? D'où venait-il ? Comment connaissait-il son nom et que lui voulait-il ?

Iyéwa n'eut guère le temps de répondre à toutes les questions qui se bousculaient dans sa tête. Déjà, « l'homme » était à sa hauteur, assez proche d'elle pour qu'elle pût distinguer les traits de son visage et la longue barbe noire qui l'encadrait, en auréolait les contours.

Et soudain, Iyéwa eut l'impression que sa respiration s'était arrêtée et que son cœur, qui tout à l'heure battait à tout rompre, ne palpitait plus.

Maintenant, « l'homme » se tenait debout en face d'elle, la dominant de toute sa haute stature. Un grand sourire, découvrant une dentition éclatante de blancheur, éclairait son visage qui semblait comme baigné de lumière. Un éclair traversa le cerveau d'Iyéwa, rapide, fulgurant comme la foudre de Shango lorsqu'elle déchire le ciel par les nuits d'orage. Cet homme, pareil à un dieu et qui était là, debout devant elle, les bras grands ouverts comme les ailes d'un aigle largement déployées, c'était... c'était... non... ce n'était pas... ce ne pouvait être.

Iyéwa ferma les yeux et ouvrit la bouche pour crier, mais aucun son ne s'échappa de ses lèvres et son sang se glaça dans ses veines. Elle battit l'air des mains et sentit le sol se dérober sous ses pieds... Sa vue se troubla et elle défaillit, perdant le contrôle d'elle-même, sombrant dans les ténèbres de l'inconscience.

～

Lorsqu'elle revint à elle, ouvrant les yeux comme quelqu'un qui s'éveille d'un rêve, Iyéwa vit de nouveau, penché au-dessus d'elle, « l'homme » qui s'était, elle ne savait même plus quand ni comment, approché d'elle dans la forêt avant qu'elle perdît connaissance.

Il était entouré de ses six enfants qui l'observaient d'un air anxieux alors que lui-même avait le visage empreint d'une ineffable expression de bonté, de bienveillante sollicitude.

Voyant qu'elle avait repris ses esprits, « l'homme » sourit à nouveau de toutes ses dents éclatantes de blancheur, et Iyéwa reconnut alors... ORUNMILA !

Cette fois, elle n'eut pas besoin de se frotter les yeux, ni de réciter des incantations pour se convaincre qu'elle n'était pas la victime d'un sortilège ou simplement d'une hallucination provoquée par Eshu le malin.

Le visage penché au dessus d'elle était bel et bien celui d'un homme, d'un homme en chair et en os. Et ce visage était sans l'ombre d'un doute celui d'Orunmila, son mari, le prince des devins qui l'avait quittée il y avait tant d'années qu'elle eût été incapable d'en compter le nombre, alors qu'elle n'était qu'une toute jeune femme, naïve, sans expérience et sans défense devant les périls de la vie.

L'émotion était trop forte. Iyéwa éclata subitement en sanglots. Sa poitrine était soulevée par des hoquets nerveux et tout son corps parcouru de frissons spasmodiques.

Un torrent de larmes coulait sur son visage, son cou, sa poitrine, ruisselant comme un flot amer qui semblait ne jamais devoir tarir.

Ses enfants, bouleversés, la scrutaient avec inquiétude et Aluko, l'un des jumeaux, pleurait aussi abondamment.

Orunmila, car il s'agissait bien de lui, ne disait rien. Il continuait de garder le silence et d'observer sa femme avec bienveillance. Une formidable impression de sérénité émanait de sa personne tout entière, et sa bouche était calme, tout comme devait l'être son cœur.

Lorsque l'un des enfants, ému par les larmes de sa mère, voulut s'approcher d'elle pour la consoler,

Orunmila, plein d'autorité, l'arrêta d'un geste péremptoire. Il savait que sa femme avait besoin de pleurer, qu'il fallait la laisser pleurer et se soulager de ce poids qui l'oppressait depuis si longtemps.

Iyéwa pleura donc longtemps, longuement, dans le silence apaisant de la grande chambre conjugale. Elle pleura jusqu'à ce que ses beaux yeux noirs se gonflassent et devinssent tout rouges, de la couleur rouge sang des fleurs d' oruru, l'arbre de tulipier.

Lorsqu'il jugea que le moment était venu de se manifester, Orunmila s'approcha de sa femme et l'attira doucement à lui. Puis, il la prit dans ses bras et se mit à la consoler avec une infinie tendresse, sous le regard médusé des six adolescents qui ne savaient pas qui il était, mais lui témoignaient une respectueuse déférence depuis le moment où il l'avaient vu arriver chez eux tenant dans ses bras leur mère évanouie.

Petit à petit, Iyéwa retrouva complètement ses esprits et aussi l'usage de la parole qu'elle avait momentanément perdu sous l'effet du choc.

Revenue à elle, elle semblait à présent miraculeusement transfigurée.

« Ce n'est pas possible, balbutiait-elle entre deux sanglots, ce n'est pas possible… je rêve… vous n'êtes pas...vous n'êtes pas… Orunmila.

— Non, Iyéwa... vous ne rêvez pas, répondit avec douceur Orunmila tout en continuant à la dorloter, c'est bien moi Orunmila, votre mari, parti pour le domaine d'Olokun il y a de cela bien longtemps, alors que vous n'étiez encore qu'une toute jeune femme.

— Non... je ne peux y croire... Orunmila est mort...mort depuis longtemps, bégaya de nouveau Iyéwa.

— Le prince des devins ne peut mourir... et c'est lui-même qui se trouve ici, à vos côtés, et vous serre dans ses bras, Iyéwa, ma femme chérie », murmura Orunmila de sa belle voix grave.

A ces mots, Iyéwa se blottit plus fort dans les bras d'Orunmila et se mit à pleurer de nouveau.

Mais cette fois, ce n'étaient pas des larmes de désespoir, mais des larmes de joie qui coulaient de ses yeux qui, comme son cœur, étaient emplis d'un immense et indicible bonheur. D'un bonheur tel que même le plus habile poète n'eût pu en décrire la force, l'intensité. D'un bonheur idéal dont seuls quelques rares élus du destin ont le privilège de jouir au cours de leur vie terrestre.

Maintenant elle en était sûre, aussi sûre et certaine qu'elle-même était la fille d'Olowo, c'était Orunmila son mari, Orunmila le prince des devins, le maître de la colline d'Igeti, qui la tenait serrée dans ses bras, ses bras forts et vigoureux qu'elle reconnaîtrait entre mille.

Les dieux avaient eu pitié d'elle, ils avaient entendu sa complainte de femme solitaire et avaient enfin daigné exaucer ses prières en ce jour béni qui, à lui seul, effaçait toutes les longues, toutes les douloureuses années de souffrance qu'elle avait endurées.

Son cœur chavirait et son bonheur était si fort, si intense qu'elle avait l'impression que son cœur allait s'arrêter de battre.

Heureuse au-delà de toute limite, Iyéwa s'abandonnait à sa joie, à son soulagement, immenses comme le ciel, profonds comme les racines de l'oruru aux grandes fleurs rouges qui s'enfoncent jusqu'au sein de la terre.

Bercée par la chaleur et le parfum de forêt qui se dégageaient du corps d'Orunmila, elle avait fermé les yeux et goûtait sans retenue cette ivresse proche de l'extase qui se saisit d'une âme trop longtemps meurtrie, trop longtemps blessée lorsqu'elle redécouvre soudain la joie de vivre et l'incomparable bonheur d'exister.

En voyant leur mère ainsi blottie dans les bras de cet homme qu'ils n'avaient certes jamais vu, mais qu'ils devinaient être sans doute ce père merveilleux dont elle leur avait si souvent parlé depuis leur plus tendre enfance, les six jeunes gens se retirèrent pudiquement sur la pointe des pieds. Orunmila tenait toujours Iyéwa enlacée, la couvrant de caresses et de baisers.

Il lui soufflait à l'oreille des mots doux comme le miel des abeilles quand survient la saison des amours. Ils restèrent ainsi serrés l'un contre l'autre dans la douce quiétude de la chambre conjugale, plongés dans le ravissement, ayant perdu toute notion du temps, du temps qui semblait être aboli pour livrer les deux amants à l'immensité sans limites de l'éternité... Puis la nuit s'étendit, recouvrant toutes choses de son manteau de ténèbres sombre et velouté.

〜〜

Au cours des jours qui suivirent son arrivée, la grande demeure d'Orunmila qui dominait la colline d'Igeti ne désemplit pas.

La nouvelle de son miraculeux retour s'était répandue comme une traînée de poudre et de partout, hommes et femmes accouraient, se bousculant pour revoir le prince des devins, le saluer, le féliciter et, surtout, recevoir sa bénédiction.

Il en fut ainsi pendant plus d'une quinzaine de jours. Puis, le nombre de visiteurs commença à décroître et les entrevues

consenties par Orunmila à s'espacer. Après le bonheur des re-
trouvailles, le moment fatidique des aveux était arrivé.

Il était temps de révéler à son mari la vérité au sujet des trois
enfants naturels qu'elle avait eus pendant le temps de sa longue
absence, car jusqu'à présent, Orunmila ne lui avait posé aucune
question concernant ces jeunes gens qu'il ne pouvait ignorer ne
pas être les siens.

Elle lui dirait tout, sans rien lui cacher ni omettre aucun
détail. C'était la seule attitude honorable et digne d'une femme
de son rang.

Un soir donc, rassemblant tout son courage, Iyéwa prit la
décision de lui parler franchement et de faire une confession
sincère, quel que fût le prix à payer. Et c'est ainsi qu'Orunmila
apprit de la bouche même de sa femme qu'elle avait eu des
relations amoureuses successivement avec deux hommes qu'elle
avait rencontrés dans des circonstances plutôt fortuites.

Elle, la femme du prince des devins, avait commis l'adultère !

Ce jour-là fut sans doute le plus pénible que Iyéwa eût jamais
connu dans sa vie. A moitié morte de honte, elle expliqua à son
mari comment, bien après son départ, elle s'était retrouvée sans
ressources et obligée, pour survivre et nourrir leurs trois enfants en bas âge, d'accomplir d'humbles travaux indignes d'une
femme de sa condition. Désespérée, se sentant seule, abandonnée, sans défense, elle était tombée dans le piège d'un odieux
séducteur nommé Ondaaro et avait cédé à ses avances. Une fois
son bestial désir assouvi, celui-ci l'avait lâchement abandonnée,
la laissant enceinte.

Arrivée à ce point de son triste récit, Iyéwa, s'arrêta un moment pour reprendre son souffle. La tête baissée, elle observait
à la dérobée de son mari.

Mais ce dernier, immobile et tout à fait serein, et pas un seul muscle de son visage n'avait tressailli. Pas le moindre frémissement d'émotion ou de surprise n'en avait altéré l'expression.

Pauvre Iyéwa reprit donc à grand-peine le fil de son récit.

Chaque mot, chaque parole sortie de sa bouche lui causaient une douleur atroce, comme un couteau planté dans son cœur, une lame de feu lacérant sa chair humiliée, meurtrie par un impitoyable destin.

La voix d'Iyéwa se radoucit nettement lorsque, poursuivant son histoire, elle relata les circonstances dans lesquelles elle avait fait la connaissance d'Ongoosun.

Elle le dépeignit sous des traits infiniment plus humains que le cynique Ondaaro et s'efforça même d'atténuer quelque peu la gravité de la faute commise par un homme qui, malgré tout, avait fait preuve de bonté à son égard.

Néanmoins, Ongoosun l'avait, lui aussi, abandonnée avec... des jumeaux sur les bras.

Les larmes aux yeux, Iyéwa termina son douloureux récit, d'une voix brisée, complètement effondrée, et s'attendant au pire.

Mais Orunmila, aussi immobile qu'une statue, continuait de garder le silence. Il avait écouté sans rien dire la pathétique odyssée de sa femme, se contentant seulement par instants de hocher la tête, très lentement, en caressant sa longue barbe noire, touffue et soyeuse.

Un bon moment après qu'elle eut fini de parler, Orunmila se leva, laissant Iyéwa prostrée, écrasée de honte et qui sanglotait sans retenue. Sur son visage aux traits calmes l'on ne pouvait déceler la moindre trace de colère, d'indignation ou de mépris.

Et toujours la même impression de sérénité, de force sûre et tranquille se dégageait de son être tout entier.

Toujours silencieux, il tourna et entra dans la chambre secrète où il avait coutume d'accomplir la divination d'Ifa et referma la porte, laissant Iyéwa seule, en proie à de sombres pressentiments.

Qu'allait-il faire d'elle, de ses trois enfants illégitimes, nés du concubinage? Allait- il les garder sous son toit ? Comprendrait-il qu'une femme seule devient fragile, vulnérable et la proie facile de n'importe quel séducteur mal intentionné ? Elle-même, l'épouse infidèle qui avait introduit la honte dans sa demeure, n'allait-il pas la répudier, la chasser de chez lui ?

Mais c'était mal connaître Orunmila, le maître de la sagesse et de l'intelligence. A l'image d'Ifa, son Orisha, duquel s'inspiraient tous les actes de sa vie, le prince des devins n'était pas vindicatif, mais juste et magnanime. Certes, il punit ceux qui l'ont offensé de leur propre gré, mais il sait aussi pardonner à ceux qui lui ont involontairement causé du tort.

Enfermé dans sa chambre secrète, Orunmila avait disposé ses instruments de divination pour interroger Ifa car il voulait savoir quelle décision il convenait de prendre après les graves événements qui s'étaient déroulés dans sa demeure en son absence.

Faisant usage de la chaîne divinatoire, des noix de palme sacrées, de la poudre jaune de palmier d'Ifa et encore d'autres instruments qui permettent aux initiés d'entrer en communication avec Ifa, il ne tarda pas à recevoir les réponses de ce dernier qui commença à lui dicter ce qu'il fallait faire.

Il en fut ainsi pendant trois jours et trois nuits. Et pendant trois jours et trois nuits, Iyéwa ne put trouver le sommeil. Le tumulte qui agitait son âme l'en empêchait et une multitude de pensées et de sentiments diffus, contradictoires se bousculaient dans son esprit.

Lorsqu'ils se retrouvaient tous les deux seuls, Orunmila gardait le silence. Il était plongé dans une profonde méditation et semblait comme détaché des choses terrestres. Iyéwa restait également silencieuse, osant à peine bouger et respirer. Elle attendait, résignée, la sentence d'Orisha Awo, le dieu de l'ombre et du secret.

Enfin au soir du quatrième jour, alors qu'elle n'en pouvait plus de cette attente anxieuse, Orunmila regagna la chambre conjugale et cohabita avec sa femme.

Ce fut comme un orage qui éclate dans la savane après une longue sécheresse. Brûlant du feu d'un désir trop longtemps contenu, haletante et le corps en flammes, Iyéwa pleura de plaisir. Elle gémit et soupira comme une jeune nubile, sous l'étreinte ardente et les caresses passionnées d'Orunmila également ivre d'amour qui pétrissait cette chair parfumée, se fondait en elle dans l'extase d'une inexprimable jouissance.

Iyéwa était pareille à une terre aride, recevant contre toute attente, en un instant unique, ineffable, une averse impérieuse qui pénétrait dans son être tout entier par chacun de ses pores, pour la ressusciter, la régénérer, la faire palpiter d'une vie toute nouvelle.

Les deux amants se donnèrent ainsi l'un à l'autre jusqu'au moment où, épuisés, gorgés d'amour, ils s'endormirent étroitement enlacés.

Au petit matin, un frémissement d'air frais et la clarté fugitive de l'aube pénétrèrent dans la chambre, tirant Iyéwa de son doux sommeil. Elle ouvrit les yeux et, se retournant, vit qu'Orunmila dormait encore. Un léger sourire éclairait son visage sous sa barbe touffue.

Alors le cœur de Iyéwa, gonflé d'amour, fut envahi d'une immense bouffée de tendresse. Elle savait qu'Orunmila lui avait pardonné.

~~~

Petit à petit, au fil des jours, la grande et majestueuse demeure d'Orunmila reprit l'aspect qui avait été le sien avant son départ pour le domaine d'Olokun.

De partout, et souvent même de très loin, au-delà du pays Yorouba, les gens continuaient à venir le trouver, qui pour des consultations, qui pour des conseils ou des bénédictions.

Sa maison était redevenue un havre de paix et son retour y avait restauré l'ordre et l'équilibre interrompus durant sa longue absence.

Quant à Iyéwa, complètement transformée, transfigurée même, elle était rayonnante de bonheur. Elle avait recouvré la santé et retrouvé sa joie de vivre. Ses joues étaient maintenant pleines, ses yeux pétillaient de bonne humeur et un éclatant sourire éclairait en permanence son visage épanoui.

Embellie par la maturité, qui faisait ressortir encore plus son charme et sa grâce naturels, Iyéwa était vraiment redevenue la fille du roi Olowo, la femme d'Orunmila le Prince des devins.

Rien dans son port altier de princesse ne laissait deviner qu'elle avait subi tant d'épreuves et de souffrances si ce n'était peut-être cette fugace lueur de mélancolie qui traversait parfois son regard.

Le bonheur d'Iyéwa était d'autant plus grand qu'Orunmila avait, sans manifester la moindre réticence, adopté ses trois

enfants naturels (qui le prenaient pour leur véritable père) auxquels il enseignait, tout comme à ses propres enfants, l'art sacré
de la divination d'Ifa.

Tous les jours, Orunmila initiait les six adolescents aux tech-
niques complexes de la divination ainsi qu'à l'art oratoire et à
la somptueuse poésie sacrée. Les uns et les autres firent preuve
d'une intelligence et d'une vivacité d'esprit tout à fait excep-
tionnelles et Orunmila n'eut aucune peine à leur inculquer les
arcanes de la divination.

Tous surent bientôt comment entrer en communication
avec orisha Awo et comment interpréter les messages sibyl-
lins qu'il transmettait aux Babalawo. Ils retinrent aussi dans
leur mémoire les seize grands poèmes sacrés d'Ifa et un grand
nombre d'autres poèmes mineurs qu'ils apprirent à réciter en
les psalmodiant.

Grâce à leurs naturelles dispositions, ils passèrent aussi
rapidement maîtres dans la manipulation des instruments
divinatoires.

Voulant parfaire leur éducation, Orunmila leur enseigna
également l'art de la médecine par les plantes et, en peu de
temps, ils surent identifier les plantes et classer les feuilles, les
herbes et les racines des forêts. Ils apprirent à en faire des remèdes capables de guérir n'importe quelle maladie physique
ou mentale et devinrent ainsi de véritables adeptes d'Osanyin,
l'unijambiste borgne et manchot, le dieu de la santé pour qui
les feuilles et les racines sont ce que les noix du palmier sacré et
la divination sont à Ifa.

Pour finir, Orunmila les initia au noble art de la chasse et du
tir à l'arc qui aiguise les sens et confère aux muscles autant qu'à

l'esprit la force, la vitesse et la précision sans lesquelles nul ne peut avoir la prétention d'être un homme accompli.

Là aussi, les six jeunes gens se révélèrent vite comme de dignes émules d'Oshooshi, l'archer légendaire des dieux. Leur adresse et leur précision faisaient merveille et les flèches qu'ils décochaient au cours des exercices de tir à l'arc ne manquaient presque jamais leurs cibles.

Le moment venu, les six enfants d'Iyéwa subirent tous avec succès les épreuves de manipulation de la chaîne divinatoire et de maîtrise oratoire qui marquaient la fin de leur initiation et faisaient d'eux d'authentiques devins.

Une grande fête fut organisée à cette occasion. Des invités de marque y furent conviés et l'on mangea et but à satiété au son de la musique et des chants. Ce fut un jour mémorable qui resta gravé dans le cœur de tous ceux qui avaient pris part aux réjouissances. Iyéwa était très fière de ses enfants et son cœur débordait de joie.

Elle qui avait tant souffert, subi tant d'humiliations, de déceptions, était à présent la femme la plus heureuse du monde. Les dieux avaient exaucé ses prières et tous ses vœux se trouvaient réalisés au-delà même de ses espérances.

~~~

Quelque temps après la confirmation des enfants d'Iyéwa dans l'ordre des devins d'Ifa, Orunmila les fit tous les six venir sous le grand iroko qui se dressait fièrement au milieu de la maison et à l'ombre duquel il avait coutume de s'asseoir pour se reposer ou méditer.

Ce jour-là, le prince des devins était vêtu d'un magnifique agbada immaculé et portait enroulé autour du cou une écharpe indigo, symbole de la sérénité mystique.

Il chaussait également une jolie paire de sandales en peau de crocodile et s'était coiffé d'un bonnet de cotonnade rouge. Son poignet droit s'encerclait d'un lourd bracelet d'argent.

Dans sa main droite se balançait un rutilant chasse-mouches au manche incrusté de cauris et de coquillages de toutes les couleurs.

En le voyant ainsi habillé, avec son air digne et solennel, les enfants d' Iyéwa devinèrent aussitôt qu'Orunmila avait quelque chose de très important à leur dire.

Après s'être respectueusement agenouillés et l'avoir salué des deux mains comme l'exigent la politesse et le respect dus aux supérieurs, les six jeunes gens prirent place autour de leur père qui, à son tour, les salua l'un après l'autre en les appelant par leurs noms respectifs.

Puis, d'une voix grave, toute empreinte de solennité, le prince des devins prit la parole.

Il parlait lentement en articulant parfaitement et appuyant parfois sur les mots, comme s'il voulait en faire bien sentir tout le sens et le poids aux six jeunes gens qui l'écoutaient avec une attention religieuse.

« Mes chers enfants, dit-il, si je vous ai fait venir auprès de moi, c'est d'abord pour vous féliciter tous d'avoir si brillamment réussi aux épreuves de l'initiation.

Je suis fier de vous et désormais vous êtes dignes d'être de véritables devins et serviteurs d'Ifa. »

Orunmila observa une courte pause avant de poursuivre. «Pour cette raison, j'ai décidé de vous faire partir maintenant en voyage de divination à travers le pays Yorouba. Ce périple vous permettra de mettre en application les connaissances que vous avez acquises au cours de votre initiation, mais aussi de vous familiariser avec le peuple qui est le vrai dépositaire de la sagesse. »

Les jeunes gens approuvèrent ces paroles en opinant du chef, avec un petit bruit de la voix.

« Consultez les gens qui vous solliciteront, continua Orunmila, dispensez votre science à ceux qui le demanderont; oscultez et guérissez les malades ; soulagez les souffrances ; exorcisez les victimes des forces du mal ; chassez les mauvais esprits partout où vous les rencontrerez ; prescrivez des sacrifices propitiatoires et prodiguez vos conseils à ceux qui voudront vous écouter. Faites tout cela au nom d'Ifa Obarisha, le vivant symbole du bien et le protecteur du genre humain contre les puissances des ténèbres et de la destruction. »

Orunmila s'arrêta encore un peu et toussota pour s'éclaircir la voix. « Ne demandez que des sommes raisonnables pour prix de vos consultations et n'acceptez pas que l'on vous fasse de trop riches présents », dit-il encore. « Surtout soyez stricts avec les riches et secourez les pauvres quand vous le pourrez, car il est du devoir de tout serviteur d'Ifa de venir en aide aux plus démunis. »

Suspendus aux lèvres de leur père, les jeunes gens buvaient ses paroles, s'en imprégnaient et les gravaient dans leur esprit et leur cœur.

« Voilà ce que j'avais à vous dire, conclut-il avec autorité, vous partirez dès demain et ne reviendrez que lorsque vous aurez accompli votre mission. Maintenant, allez en paix, et qu'Ifa guide vos pas. »

Alors, les enfants d'Iyéwa se levèrent et, l'un après l'autre, s'agenouillèrent devant Orunmila et prirent congé de lui.

~~~

Peu après le départ des enfants d'Iyéwa, Orunmila jugea que le moment était venu de décider du sort des deux hommes qui avaient séduit sa femme puis l'avaient abandonnée, la laissant en état de grossesse.

Après tant d'années, l'heure avait sonné et le moment était arrivé de prendre sa revanche sur les deux séducteurs qui, profitant de la solitude et du dénuement d'Iyéwa, avaient sans scrupules abusé d'elle et assouvi leurs instincts animaux. Ils avaient fait entrer l'infamie et la honte sous le toit du prince des devins, avaient profané sa demeure sacrée et ne méritaient rien moins qu'un châtiment exemplaire.

Ayant arrêté la terrible sentence, Orunmila se retira dans sa chambre secrète d'où il allait la mettre à exécution.

Il étendit une grande peau d'antilope et s'assit par terre, jambes croisées sous lui, dans une immobilité hiératique. Puis, prenant un à un ses instruments divinatoires, il les disposa devant lui. Il commença par agiter la crécelle divinatoire en ivoire d'éléphant et procéda au lancement des noix de kola et au jet des cauris.

Prélevant ensuite un peu de poudre jaune de palmier d'Ifa dans le creux de sa main gauche, il souffla dessus très légèrement et invoqua l'esprit d'Eshu-Odara, le maître de l'*ashé*.

Après tout cela, il ferma les yeux et, à voix très basse, commença à réciter lentement des incantations magiques, tout en traçant dans l'air de mystérieux signes cabalistiques.

Pour finir, il prononça trois fois, et à voix haute, le nom d'Ondaaro, le premier des deux amants de sa femme.

～～

Ce jour-là, Ondaaro, roi d'Idaro, avait quitté son palais accompagné d'une suite nombreuse, pour se livrer à l'un de ses plaisirs favoris : la chasse. La forêt était emplie des aboiements des chiens et des cris des rabatteurs qui s'ingéniaient à débusquer le gibier, afin que le roi n'eût aucune difficulté à abattre les premiers animaux qui se montreraient. Ce dernier, en embuscade derrière un arbre, l'œil aux aguets, les muscles tendus, le cœur battant, avait bandé son arc et attendait.

Juste au moment où il s'apprêtait à décocher une flèche sur une superbe antilope qui venait de déboucher d'un fourré, Ondaaro fut mordu par un petit serpent noir, surgi d'on ne sait où et qui disparut sans laisser de traces.

Voyant cela, les serviteurs se précipitèrent pour relever leur maître qui s'était écroulé sans un cri. On lui fit rapidement un garrot et l'un d'entre eux se mit à genoux pour aspirer le venin.

Puis le roi, qui avait perdu connaissance, fut transporté en toute hâte vers le palais où les plus grands médecins d'Idaro tentèrent de le ranimer. Au cours de la nuit qui suivit, Ondaaro, le roi insouciant et joyeux, l'ami des plaisirs, de la bonne chère et des femmes voluptueuses, Ondaaro le roi aux concubines innombrables, qui régnait sans partage sur la cité d'Idaro, fut terrassé par une fièvre terrible.

Médecins et devins veillèrent à son chevet, lui administrant force potions et remèdes. L'on invoqua Osanyin et l'on fit des sacrifices propitiatoires sur un autel dressé à l'intention du dieu des plantes.

Mais rien n'y fit.

La fièvre, de plus en plus brûlante, refusait de quitter le corps du roi d'Idaro qui délira toute la nuit et mourut aux premières lueurs de l'aube.

Personne ne pleura Ondaaro, le premier des séducteurs d'Iyéwa, qui laissait le souvenir d'un prince jouisseur et peu soucieux du bonheur de son peuple...

Le jour même de la mort d'Ondaaro, Orunmila s'enferma de nouveau dans sa chambre secrète et recommença le même rituel vengeur.

Cette fois, ce fut contre Ongoosun, qui depuis déjà quelques années régnait sur la cité d'Igosun, que furent dirigées les mortelles incantations.

A son tour, il devait subir l'implacable vengeance du prince des devins.

Parti pêcher dans la rivière Oya, Ongoosun, accompagné de quelques grands seigneurs de la cour qui étaient aussi ses meilleurs amis, avait profité de l'occasion pour se baigner.

Excellent nageur, il avait en quelques brasses vigoureuses atteint le milieu du fleuve où il s'ébattait tranquillement.

Tout à coup, chose tout à fait inhabituelle dans la rivière Oya réputée pour son calme et sa douceur, le roi d'Igosun fut pris dans un violent tourbillon.

Il eut beau se débattre, gesticuler, crier au secours, les eaux du fleuve l'engloutirent inexorablement sous les yeux de ses compagnons qui assistèrent, désespérés et impuissants, à sa lente disparition dans les flots.

Le corps d'Ongoosun fut miraculeusement repêché deux jours plus tard. Il était presque intact et, fait singulier, les poissons n'avaient pas touché à ses yeux !

La nouvelle de la mort d'Ongoosun jeta l'émoi dans la cité d'Igosun et fut accueillie avec une immense tristesse par le peuple qui aimait profondément ce roi juste et magnanime, dont le premier souci avait toujours été le bonheur de ses sujets.

L'on pleura beaucoup ce monarque exemplaire et, pendant très longtemps, les gens portèrent le deuil d'Ongoosun dont la mémoire resta gravée dans les cœurs et dans les esprits.

Des funérailles grandioses furent organisées en son honneur et un magnifique mausolée édifié à l'entrée de la cité d'Igosun en souvenir de ce roi au grand cœur.

∼∼∼

Pendant que se déroulaient ces dramatiques événements, les enfants d'Iyéwa, eux, poursuivaient leur voyage de divination autour du pays Yoruba. Chacun avait pris une direction différente et, se conformant aux recommandations de leur père, ils consultaient, auscultaient, soignaient et guérissaient tous ceux qui se trouvaient sur leur chemin et qui en faisaient la demande.

La renommée des jeunes prodiges ne tarda pas à se propager comme un feu de brousse, jusque dans les endroits les plus reculés de la forêt et de la savane. Partout où ils passaient, ils recevaient un accueil chaleureux, enthousiaste même, et les gens se bousculaient pour les voir afin d'obtenir, qui une consultation, qui un remède, qui des conseils ou des bénédictions.

Les fils d'Iyéwa s'efforçaient de satisfaire tout le monde : hommes et femmes, jeunes et vieux, riches et pauvres, et lorsqu'ils venaient à quitter un endroit où ils avaient séjourné, c'était toujours chargés de cadeaux les plus divers.

Ils se rendaient à la cour des rois aussi bien que dans les huttes des plus humbles paysans, s'efforçant d'accorder un traitement égal à tous, tout en respectant la hiérarchie établie par les lois des hommes et le bon vouloir des dieux.

Chacun de son côté accomplissait de véritables miracles, venant à bout des cas les plus désespérés, et l'annonce de leur arrivée dans un lieu soulevait des foules qui ne cessaient de bénir et de prier pour ces jeunes bienfaiteurs qu'elles croyaient envoyés par les Orishas.

Puis le temps passa.

Les jours succédèrent aux semaines, les mois aux semaines et bientôt, le délai fixé par Orunmila arriva à son terme. Les jeunes devins s'en aperçurent en comptant les nœuds des cordelettes accrochées à leurs ceintures et qui leur servaient à mesurer le temps.

Le voyage de divination tirait à sa fin et chacun de son côté prit le chemin du retour.

Tous les six s'en retournaient satisfaits de leur périple, contents d'eux-mêmes et le cœur joyeux. Ils avaient tous parfaitement accompli leur mission et avaient même amassé de petites fortunes que leur avaient procurées leurs innombrables consultations.

Mais surtout, ils avaient acquis une grande expérience qui les avait enrichis intérieurement et sans nul doute leur servirait toute la vie.

Arrivé le premier dans la demeure de son père, Amukanlode-Oyan, le fils aîné d'Orunmila, reçut un accueil très chaleureux et une grande fête fut organisée en son honneur.

Pendant deux jours et deux nuits, les nombreux convives mangèrent et burent jusqu'à satiété au son des tambours, des cymbales et des flûtes.

La fête terminée, Amukanlode-Oyan alla trouver son père et, s'agenouillant en face de lui, la tête baissée respectueusement, s'adressa à lui en ces termes : « Puissent les sacrifices être bénis des Orishas... Vous mon père, prince de tous les devins, je vous prie d'accepter cette offrande filiale... » Ayant dit, le jeune homme déposa aux pieds d'Orunmila tout ce qu'il avait gagné au cours de son voyage de divination.

Honoré par le geste de son fils, qui portait témoignage de sa reconnaissance et de sa soumission à l'autorité paternelle, Orunmila lui fit signe de s'approcher. Il lui imposa les mains, récita quelques prières et, pour finir, l'aspergea d'un fin jet de salive en guise de bénédiction.

Puis il préleva une partie des cauris qu'il avait reçus et rendit le reste au jeune homme.

Ensuite il ordonna à son fils aîné de rejoindre sa ville natale d'Oyan où les plus hautes charges l'attendaient.

Amukànlode-Oyan obéit à son père et rejoignit la cité d'Oyan dont il devint le Baalè.

Lorsqu'à leur tour Amosunlonkoègi et Obolèboogun arrivèrent à Ife, ils furent eux aussi reçus en grande pompe et une magnifique fête organisée en leur honneur.

Tous deux remercièrent Orunmila et imitèrent le geste de leur frère aîné en faisant don à leur père de la petite fortune qu'ils avaient acquise au cours de leur périple divinatoire.

Et de même qu'il l'avait fait avec Amukanlode-Oyan, Orunmila n'en garda qu'une petite partie et leur remit le reste.

Puis il leur imposa les mains et leur donna la bénédiction avant de leur enjoindre de se rendre dans leurs villes natales respectives où ils devaient occuper des fonctions très élevées.

Amosunlonkoègi et Oboléboogun obéirent à leur père et rejoignirent, le premier Onko, le second Ife, dont ils devinrent respectivement le Balogun et le Baloroun.

Peu après arrivèrent Agbé, puis Aluko, deux des enfants naturels de Iyéwa, qui eurent également droit à une grande fête et à de magnifiques réjouissances.

Tous les deux eurent exactement le même comportement que leurs aînés et frères utérins et, comme il l'avait fait pour ses propres enfants, Orunmila leur restitua l'essentiel de la somme qu'ils lui avaient remise, n'en gardant qu'une infime partie. Puis il donna aux deux jeunes gens l'ordre de rejoindre les cités de leurs défunts pères, afin de leur y succéder.

Agbé et Aluko obéirent sans répliquer au prince des devins.

Et ainsi, le premier monta sur le trône d'Idaro. Quant au second, il s'en alla régner sur Igosun.

AGBIGBO-NIWONRAN

Quelques jours plus tard, Agbigbo-Niwonran, frère jumeau d'Aluko, fut en vue des murs d'Ife, la cité des dieux que dominait la majestueuse colline d'Igeti. Il était recru de fatigue et avait hâte d'arriver dans la demeure d'Orunmila et de retrouver les siens. Déjà le soleil couchant étalait au-dessus de l'horizon ses larges faisceaux de lumière rouge et dorée, annonçant les heures plus sombres du crépuscule.

Dans l'immense toile du ciel devenu plus pâle, se mélangeaient des couleurs aux teintes chatoyantes, dont les nuances les plus subtiles ne pouvaient être perçues par l'œil humain. Des bandes de canards sauvages poussaient leurs cris brefs et suraigus et survolaient à tire-d'aile la forêt qui frissonnait doucement à l'approche de la nuit où elle se peuplerait d'esprits.

En passant près d'un petit ruisseau dont l'eau était si claire qu'on voyait pratiquement le fond de son lit, Agbigbo ne put résister à l'envie d'aller s'y rafraîchir.

S'approchant des berges du ruisselet, il ôta de son cou la précieuse sacoche dans laquelle se trouvait tout l'argent qu'il avait gagné au cours de son voyage de divination ; puis il se mit à genoux et commença à s'asperger d'eau le visage et les bras.

Lorsqu'il se fut bien rafraîchi, Agbigbo se sentit mieux et se baissa encore pour boire, car il avait grand soif. Penché au-dessus du ruisseau, Agbigbo buvait à grandes lampées avides. En même temps, il voyait son image danser dans l'onde. Il commença alors à se mirer longuement. Le reflet de son visage, ondulant et dansant dans l'eau transparente, l'amusait et le faisait rêver. Fasciné, il laissa son imagination l'emporter au loin et aussitôt, une multitude de pensées frivoles se mirent à flotter dans son esprit.

C'est alors que germa dans le cerveau du fils d'Iyéwa une idée saugrenue, une idée folle et pernicieuse, dangereuse comme le venin du serpent contaminant mortellement le sang après la morsure. Une idée qui s'était sournoisement infiltrée dans son esprit, y faisant naître le plus insensé des projets : Agbigbo-Niwonran décida de garder pour lui seul tout l'argent qu'il avait amassé au cours de son voyage divinatoire !

Il n'en remettrait pas le moindre cauri à Orunmila, cet homme hautain et autoritaire qu'il avait haï dès le premier jour où il l'avait vu, tenant dans ses bras sa mère évanouie, cet homme à l'égard duquel il avait toujours nourri une secrète jalousie.

Il n'avait aucune raison de lui donner cet argent si difficile-ment gagné au cours de tous ces longs mois passés à sillonner le pays Yoruba.

Maintenant, il en était sûr, il n'éprouvait aucune affection, aucun attachement pour ce père volage qui les avait abandon-nés plus de vingt saisons. Pour Agbigbo-Niwonran, il n'était rien d'autre qu'un étranger, un intrus ayant tardivement fait irruption dans sa vie qu'il prétendait à présent régenter.

Non ! Lui, Agbigbo-Niwonran, ne lui devait absolument rien et ne lui donnerait rien, pas un cauri !

Ayant pris sa décision, il se leva, raccrocha son sac de voyage à son cou et continua son chemin en ruminant d'autres pensées tout aussi incongrues que celle qui lui dicta de garder pour lui tout le fruit de son voyage de divination.

L'esprit du mal s'était emparé de lui et le guidait lentement mais sûrement dans le funeste sentier de la perdition. Arrivé près d'un oruru sous lequel les devins d'Ifa aimaient à venir mé-diter (l'arbre avait été, disait-on, planté là par Eshu lui-même),

Agbigbo retira de son sac plus de trois cent mille cauris et les enveloppa dans une grande étoffe noire qu'il noua solidement. Puis il creusa un gros trou profond au pied de l'arbre d'Eshu et y enfouit sa fortune, prenant ensuite bien soin d'effacer toute trace derrière lui.

Lorsqu'Agbigbo-Niwonran franchit les murs d'Ife, il faisait déjà nuit et les ténèbres enveloppaient la cité tout entière de leur sombre manteau. Mais la lune éclairait les rues de sa lumière laiteuse et dans les maisons brillait l'éclat des lampes à huile.

Quelques instants plus tard, Agbigbo gravit les pentes de la colline d'Igeti et pénétra dans la demeure d'Orunmila où, malgré l'heure tardive, il reçut un accueil chaleureux.

Le lendemain de son arrivée, une fête non moins somptueuse que celles données en l'honneur de ses frères fut organisée pour célébrer le retour d'Agbigbo. Les réjouissances durèrent toute la journée et se prolongèrent fort tard dans la nuit.

Les festivités terminées, Agbigbo, comme il se devait, se rendit auprès du prince des devins pour le remercier. Dès qu'il fut en présence d'Orunmila, il s'agenouilla et s'inclina obséquieusement :

« Père... mon bienfaiteur de toujours, dit-il plein d'hypocrisie, je vous prie d'accepter mes remerciements les plus sincères pour tout ce que vous avez fait pour mes frères et pour moi-même. Qu'Olu Iwa vous bénisse. »

Puis il se tut et resta immobile dans la même position, bras croisés sur la poitrine. Surpris par ce silence impromptu. Orunmila, qui s'attendait sans doute à recevoir quelque chose, demanda à Agbigbo s'il n'avait rien rapporté de son voyage de divination.

Prenant alors son air le plus contrit et d'une voix faussement éplorée, Agbigbo répondit : « Hélas, père, j'ai en effet gagné de l'argent au cours de mon voyage et toutes les consultations que j'ai effectuées m'avaient même rapporté une assez coquette somme. Par malheur, sur le chemin du retour, j'ai été attaqué par surprise par des brigands qui m'ont dépouillé après avoir menacé de me tuer si je ne leur obéissais pas. »

Il se tut et réfléchit un court instant avant de reprendre, d'un ton encore plus affligé : « A cause de ces maudits voleurs, je n'ai donc rien pu vous rapporter. Vous m'en voyez vraiment désolé. J'aurais tellement aimé vous faire plaisir. »

Orunmila se rembrunit légèrement, mais n'ajouta rien aux paroles d'Agbigbo, se contentant de hocher lentement la tête et de caresser sa longue barbe soyeuse.

Un long et lourd moment de silence s'ensuivit, qui parut interminable à Agbigbo. Visiblement gêné, le regard fuyant, il n'osait regarder Orunmila en face.

Mais Orunmila rompit le silence et, prenant la parole, parla avec lenteur, d'un ton neutre : « Ce qui t'est arrivé est bien regrettable, mon fils... tu n'as pas eu la même chance que tes frères qui, eux, n'ont eu aucun problème. Mais nul ne peut échapper à son destin. L'essentiel est que tu aies la vie sauve. »

S'arrêtant un instant de parler, Orunmila posa un regard pénétrant sur Agbigbo-Niwonran. Ce dernier, embarrassé, ne savait où se mettre et continuait de garder la tête baissée.

« Quoi qu'il en soit, reprit Orunmila de la même voix calme, mesurée, tu partiras dès demain pour la cité d'Ikoolo pour y remplacer le roi qui est mort accidentellement... »

A ces mots, Agbigbo sursauta et levant la tête brusquement, regarda Orunmila avec de gros yeux incrédules...

« Co…Comment ?…Qu'avez-vous…dit ? » bégaya-t-il involontairement.

— J'ai dit, répéta Orunmila, toujours aussi calme, que tu dois rejoindre dès demain la ville d'Ikoolo pour en être le roi.

— Très bien père… », s'empressa cette fois d'ajouter Agbigbo qui, bien qu'ayant parfaitement saisi les paroles d'Orunmila, ne parvenait pas encore à en croire ses oreilles.

Décidément, le soi-disant prince des devins était en fait l'image même de la naïveté, autrement il ne serait pas comme un simple tombé dans le panneau avec autant de facilité et n'aurait pas, sans sourciller, avalé cette histoire de brigands que lui, Agbigbo, lui avait racontée tantôt.

Et voilà qu'à présent, ironie du sort, il faisait de lui un… roi !… *Gongo* !… C'était vraiment le comble !

Les yeux baissés, simulant le respect et l'humilité, Agbigbo regardait fixement le sol et faisait de son mieux pour dissimuler la joie teintée d'ironie que lui procurait cette nouvelle pour le moins inattendue.

Orunmila l'observa en silence un long moment. Puis jugeant que l'entretien avait assez duré, il fit signe à Agbigbo de se retirer.

Mais contrairement à ses frères, il ne lui imposa pas les mains ni ne lui donna sa bénédiction.

Cette nuit-là, en proie à une fiévreuse jubilation, Agbigbo ne dormit presque pas et le lendemain, de très bonne heure, il se leva débordant d'enthousiasme, le cœur gonflé de joie, prêt à rejoindre la cité d'Ikoolo où, pensait-il, l'attendait un grand destin.

Avant de partir, il alla faire ses adieux à sa mère. Celle-ci l'accompagna jusqu'au seuil de la maison, lui prodiguant force conseils qu'Agbigbo-Niwonran, absorbé par ses propres pensées, n'entendait même pas.

Iyéwa avait le cœur serré et éprouvait une immense tristesse de voir s'en aller le dernier de ses enfants. Sans qu'elle sût pourquoi, une sorte de sombre pressentiment voilait aussi son cœur. Mais Agbigbo, lui, ne ressentait rien de pareil. Il n'avait aucun regret à quitter celle qui l'avait mis au monde, allaité, entouré de soins et guidé ses premiers pas ; la femme qui l'avait élevé, lui et ses cinq autres frères avec tant d'amour et, il ne l'ignorait pas, au prix de tant de sacrifices et de souffrances.

Bien au contraire, Agbigbo-Niwonran était plutôt pressé de la voir partir pour pouvoir enfin prendre le chemin d'Ikoolo où il se figurait déjà le grandiose accueil qu'on allait lui y faire. L'ambition, la soif de pouvoir et de richesses avaient endurci le cœur du fils d'Iyéwa, en avait chassé tout sentiment.

Il quitta donc sa mère avec soulagement et pas une seule fois ne se retourna pour réconforter un peu la pauvre femme tout éplorée, qui pleurait en le regardant s'éloigner.

Marchant à grands pas, Agbigbo fut bientôt hors de vue de la colline d'Igeti et de la maison d'Orunmila où il était né et avait grandi. Il traversa plusieurs quartiers de la cité, avant de franchir les murs d'enceinte d'Ife-Oodayé.

Bientôt il arriva en rase campagne et se dirigea en toute hâte vers l'arbre d'Eshu au pied duquel il avait enfoui son précieux trésor.

Ayant repéré l'endroit où il devait se trouver, il se mit à creuser fébrilement et finalement retrouva la précieuse étoffe où crissaient trois cent mille adorables cauris d'une blancheur immaculée. Le cœur battant, il déterra l'étoffe, la soupesa et la serra contre sa poitrine avec cette sorte de jouissance malsaine que procure sans nul doute toute richesse mal acquise, tout fruit du mensonge ou de la trahison.

Au lieu de garder son paquet de cauris, sa petite fortune, dans son *apo*, Agbigbo le posa sur sa tête, comme s'il voulait mieux en sentir le poids, comme s'il voulait à tout instant être sûr qu'il était bien là, partie intégrante de sa personne, prolongement naturel de son être.

Maintenant fin prêt, Agbigbo-Niwonran prit la direction d'Ikoolo, chantant joyeusement à sa gloire future.

Il était infiniment heureux et se sentait des ailes à la pensée qu'il allait bientôt être riche et puissant, adulé, adoré même par des sujets totalement soumis à sa personne et pour lesquels il serait la vivante incarnation des dieux.

Il deviendrait le lien suprême entre les orishas et son peuple, plus respecté qu'aucun autre roi avant lui, plus vénéré qu'Orunmila saurait jamais l'être !

Les poètes composeraient en son honneur les plus admirables couplets et l'on chanterait pour lui « Le roi, maître de l'*ashé*, devient le second des dieux... »

～～

Deux jours après le départ d'Agbigbo, Orunmila, voulant avoir le cœur net sur sa singulière attitude, prit ses instruments de divination et interrogea le dieu du secret. La réponse de l'oracle ne fut qu'une confirmation de ce qu'il avait pressenti : tout ce que lui avait raconté le fils de Iyéwa n'était que mensonge et duperie ! Jamais il n'avait été attaqué par de soi-disant brigands, ni détroussé de sa petite « fortune » dont il n'avait pas voulu donner un seul cauri à son père adoptif auquel pourtant il devait tout.

Agbigbo-Niwonran était donc un mauvais fils, un véritable omo alè, un enfant du concubinage, qui avait abusé de la confiance de son bienfaiteur, s'était moqué de lui, avait foulé aux pieds les principes sacrés du respect paternel.

Le prince des devins était irrité, outragé, et ressentait une vive déception devant tant d'ingratitude et d'irrespect. Mais il ne céda point à la colère et renonça à toute idée de vengeance.

Orunmila préféra s'en remettre à Eshu, le justicier implacable, qui arrête les sentences et punit sans faiblesse les hommes et les femmes qui se rendent coupables de fautes envers les dieux, la nature ou leurs semblables. Eshu, le voyageur sans enfant, le solitaire qui ne se déplace qu'en tant qu'esprit, Eshu-Elegbara, le détenteur du pouvoir qui, favorable, modifie la pire des destinées, mais qui, hostile, assombrit l'itinéraire le plus brillant.

Dès qu'il fut informé du comportement irrévérencieux d'Agbigbo le fils indigne, Eshu convoqua les puissances auxiliaires qui le secondent au cours de ses expéditions punitives.

Il leur dit: « *Agbo* ! »

Elles répondirent : « *Afakan* ! »l et ajoutèrent : Le bol en bois gravé du sacrifice est prêt à recevoir l'offrande. »

Alors, faisant usage d'*ashé*, le dieu malin au front orné d'une plume de perroquet pourpre se transforma en vent et prit sur le champ la direction d'Ikoolo vers où se dirigeait Agbigbo-Niwonran. Loin de se douter du danger qui planait au-dessus de sa tête, ce dernier poursuivait son chemin en chantant gaiement.

En moins de temps qu'il ne faut à la paupière pour exécuter un battement de cils, Eshu le rattrapa et se mit à tournoyer au-dessus de lui.

Il était pareil au faucon attendant le moment propice pour fondre sur sa proie.

Lorsqu'il se trouva exactement à la verticale au-dessus du crâne d'Agbigbo-Niwonran, Eshu ôta le capuchon de sa petite gourde de liquide maléfique et lui en versa quelques gouttes sur la tête avant de reprendre en tourbillonnant sa course fulgurante.

Bientôt, et toujours sous forme de vent, Bakéé fut en vue des murs d'enceinte d'Ikoolo qu'il franchit à une vitesse fantastique. Puis il prit la direction du grand marché de la ville où se pressait une foule compacte, bigarrée, qui discutait, marchandait, troquait et vendait avec animation dans une chaude ambiance.

Choisissant le carrefour le plus populeux, Eshu se transforma alors en l'un de ces devins crieurs-publics, diseurs de bonne aventure et thaumaturges qui sillonnent à longueur d'année les villes et les villages du pays Yoruba. Généralement très écoutés, ils déplacent souvent des foules immenses, s'arrêtant dans les endroits les plus fréquentés pour y exposer leur imposante pharmacopée, vanter les vertus de leurs remèdes et autres panacées et, à l'"occasion, prophétiser ou annoncer des événements à venir.

Maintenant complètement métamorphosé, Eshu était vêtu d'une longue tunique faite de morceaux d'étoffe de différentes couleurs, ornées de perles et de cauris.

Il portait aussi un étrange chapeau à larges rebords, rouge d'un côté et noir de l'autre, et agitait une clochette en métal qui résonnait sans arrêt, rythmant sa voix rauque et puissante.

Et ainsi, il ameutait toute la population. Il fut bientôt entouré par une foule immense et bruyante qui se bousculait pour mieux entendre ce qu'il disait...

« Gens d'Ikoolo !...Gens d'Ikoolo !... » criait Elegbara à tue-tête, gens d'Ikoolo, écoutez-moi ! C'est à vous que je m'adresse ! Combien d'oreilles possède chacun d'entre vous ? »

Une immense clameur lui répondit, unanime.

« Eh bien, poursuvit Eshu, ouvrez-les toutes grandes et écoutez bien ce que je vais vous dire ! »

Le brouhaha cessa comme par enchantement et un grand silence se fit, lui succédant...

« Gens d'Ikoolo, articula de nouveau Eshu d'une voix forte, l'un de vos enfants qui séjourna longtemps à l'étranger a décidé de revenir au bercail. Il est à présent en route pour votre cité, mais attention ! Attention, gens d'Ikoolo, ne le recevez pas, car,le baluchon qu'il porte sur la tête est un fardeau de maléfices. Si jamais il le dépose sur le sol de votre ville, le malheur et la mort s'abattront sur vous et sur vos enfants ! Vos maisons seront détruites et tous vos projets anéantis ! Vos familles seront dispersées comme cendres au vent et tous vos descendants réduits en esclavage !»

Un murmure d'inquiétude et un long frisson de peur parcoururent l'assistance jusque-là attentive aux paroles d'Eshu. Le lourd silence qui planait sur cette partie du marché fut interrompu et le brouhaha reprit de plus belle.

« Gens d'Ikoolo, rugit encore Eshu, dominant la clameur de sa voix tonitruante, méfiez-vous ! Le malheur est en route pour votre cité ! »

Puis il s'éloigna en faisant résonner sa clochette de métal et, laissant là la foule en émoi, alla se poster à un autre carrefour également très populeux pour y lancer son terrible avertissement.

Le terrifiant message d'Eshu se propagea aussi rapidement qu'un feu de brousse dans Ikoolo tout entière.

Aussitôt, tous les habitants, ameutés par le dieu malin, allèrent se rassembler aux portes de la ville. Ils étaient prêts et attendaient de pied ferme le dangereux intrus venu apporter le malheur et la mort dans leur chère cité, décidés à lui barrer la route !

Tous scrutaient l'horizon avec angoisse, figés dans un écrasant silence, s'attendant à voir d'un moment à l'autre l'annonciateur du mal, le messager de la destruction : Agbigbo-Niwonran.

Leur attente ne fut pas de longue durée, car, émergeant d'une colline, se profila bientôt la silhouette de celui dont ils redoutaient tant la venue et qu'ils reconnurent au gros baluchon qu'il portait sur sa tête.

« Le voilà !... », cria un enfant.

Aussitôt jaillit de mille poitrines et pareille au rugissement de la mer déchaînée par la tempête une immense clameur qui s'éleva, s'enfla, emplissant d'une vibration continue la terre et les cieux.

Tambours, hochets, trompes, cymbales, gongs, grelots se mirent à résonner, à crépiter, accompagnant dans un effroyable vacarme les cris sauvages des habitants d'Ikoolo.

Effrayés, les oiseaux s'enfuyaient à tire-d'aile.

～～～

Marchant toujours du même pas alerte, Agbigbo aperçut de loin l'immense foule massée aux portes d'Ikoolo. L'écho assourdissant de la clameur lui parvint aussi et il crut que les habitants de la ville s'étaient rassemblés pour lui réserver un accueil exceptionnel.

Débordant de joie et d'orgueil, son cœur battait à tout rompre et il pressa le pas, impatient de répondre à l'attente de cette foule en délire qui l'acclamait avant même de l'avoir vu.

A la violente fierté d'Agbigbo se mêlait une, non moins, intense émotion suscitée par la pensée qu'il allait bientôt être accueilli en grande pompe par les plus hauts dignitaires d'Ikoolo.

De grandioses festivités seraient aussi organisées le jour de son intronisation et le peuple se réjouirait des jours durant.

Il était clair qu'on l'attendait avec impatience ; aussi était-il nécessaire qu'il fît bonne figure et donnât une impression favorable à ses futures sujets dès le premier contact qu'il aurait avec eux. Il s'efforça donc de rendre plus ferme l'expression de son visage et de donner à sa bouche un trait calme, afin que de toute sa personne se dégageât une impression de paix intérieure et de sérénité. Puis il ajusta les pans de son *agbada* et adopta une démarche plus mesurée, plus « noble » qui, pensait-il, serait le mieux au futur Baalè d'Ikoolo.

Fait étrange, le gros paquet de cauris qui reposait sur sa tête depuis qu'il avait quitté Ife s'y maintenait comme par magie en équilibre. Mais tout à son émotion et à ses rêves, Agbigbo ne s'en était même pas aperçu. Il se voyait déjà assis sur le trône d'Ikoolo, acclamé par la foule en liesse de ses sujets.

Hélas. Il allait vite déchanter !

En effet, à mesure qu'il s'avançait vers la foule, celle-ci s'agitait de plus en plus, et l'écho assourdissant de cette furieuse rumeur lui parvenait de plus en plus distinctement.

Bientôt il put distinguer avec assez de netteté, non des acclamations de joie ou des vivats ainsi qu'il s'y attendait, mais plutôt... des cris menaçants et même des injures qui fusaient de la troupe hystérique. Les habitants d'Ikoolo trépignaient de fureur et vociféraient comme une armée de damnés et, plus il s'approchait, plus il devenait clair aux yeux d'Agbigbo que c'étaient là, non des marques de bienvenue et d'enthousiasme, mais d'évidentes manifestations d'hostilité et de haine.

Sa joie ne tarda pas à s'évanouir, se transformant d'abord en surprise incrédule, puis en inquiétude et en peur.

Bouche-bée, muet de stupeur, il ouvrait de gros yeux ronds et regardait avec une sorte de fascination terrifiée la foule qui hurlait et gesticulait dans sa direction.

Bien qu'il fût encore à une distance respectable, il entendait clairement les injures qui lui étaient adressées et distinguait assez nettement les visages grimaçants et hystériques, les bouches tordues par la colère, la fureur, la haine.

Une haine qu'Agbigbo ne parvenait pas à s'expliquer. Une angoisse incommensurable s'empara de lui et soudain saisi de vertige, il se mit à transpirer à grosses gouttes. Paralysé par la peur, Agbigbo sentit ses jambes se dérober sous lui et des crampes douloureuses déchirer son estomac.

D'un seul coup, toutes ses illusions s'envolèrent: il ne faisait à présent plus aucun doute qu'il était indésirable dans cet endroit dont l'air était de toute évidence malsain pour lui!

Mais comment cela se pouvait-il ? Qu'avait-il donc fait à ces gens qu'il n'avait jamais vus et qui ne l'avaient non plus jamais vu ? Pourquoi lui faisaient-ils un tel accueil alors qu'il venait pour occuper le trône laissé vacant de leur cité? Etait-il tombé dans un traquenard tendu par Orunmila pour se venger de lui ?

Il n'eut pas le loisir de répondre à toutes ces questions : déjà, des projectiles de toutes sortes venaient frôler son visage et s'écraser à ses pieds.

Alors, pris de panique et sentant que sa vie était réellement en danger, le « roi » d'Ikoolo prit ses jambes à son cou.

Ce fut comme le signal d'une sauvage ruée en avant: rassurés par ce geste de fuite et libérés de la crainte superstitieuse qui les avait jusque-là tenus éloignés d'Agbigbo, les habitants d'Ikoolo se lancèrent à sa poursuite, hurlant à qui mieux et continuant à le bombarder de projectiles. Cependant ils restaient toujours à bonne distance du fuyard qui, s'il se fut un instant avisé de faire volte-face, eût sans doute créé une belle panique dans les rangs de la meute hurlante.

Mais le malheureux était occupé à tout autre chose et n'avait qu'une seule idée en tête : fuir !... fuir le plus loin possible de cette bande de forcenés décidés, cela ne faisait aucun doute, à le faire passer de vie à trépas.

Ces derniers, pour s'assurer que le messager du malheur s'éloignerait à tout jamais de leur cité, avaient redoublé de hargne et, comme un seul homme, scandaient en chœur :

C'est la mort que tu viens porter en ce pays
Nous ne viendrons pas avec toi
Agbigbo-Niwonran, emporte au loin ton fardeau maléfique,
Nous ne le porterons pas avec toi
C'est la maladie que tu veux introduire dans nos murs
Nous ne la partagerons pas avec toi, Agbigbo,
Agbigbo-Niwonran, emporte au loin ton fardeau maléfique
Nous ne le porterons pas avec toi

C'est la ruine que tu viens installer chez nous
Nous ne t'assisterons pas dans ton malheur.
Agigbo-Niwonran, emporte loin ton fardeau maléfique
C'est le danger que tu viens établir chez nous
Nous ne le permettrons pas, Agbigbo-Niwonran, emporte au
loin ton fardeau maléfique
Nous ne le porterons pas avec toi
Agbigbo-Niwonran emporte au loin ton fardeau,
Ton fardeau maléfique.

Et l'écho sourd de ce terrible chant, de ce chant de malédiction, s'amplifiait, résonnait dans la tête du fuyard qui courait, courait droit devant lui, courait à perdre haleine, comme une bête traquée.

L'on eût dit qu'Agbigbo ne pouvait plus s'arrêter ni se retourner pour jeter ne serait-ce qu'un coup d'œil derrière lui, tant il était aux abois, convaincu que sa vie ne tenait qu'à un fil et que son salut dépendait de la vitesse de ses jambes.

Dans l'air immobile et chaud où ne planait nul oiseau, se mouvait Eshu-le-justicier, redevenu vent tourbillonnant.

Satisfait du châtiment infligé au fils ingrat, à l'insolent qui avait osé se moquer du prince des devins, il ricanait, de son ricanement sardonique, qui glace d'effroi et paralyse tous ceux qui l'entendent.

Lancé dans sa course effrénée, l'infortuné Agbigbo arriva bientôt à la lisière de la forêt et, à bout de souffle, fut obligé de ralentir progressivement l'allure. C'est alors qu'il se rendit compte que ses poursuivants avaient disparu comme par enchantement. Et en effet, ces derniers, jugeant que le dangereux intrus était suffisamment éloigné des murs de leur cité, s'étaient arrêtés et avaient rebroussé chemin dans un indescriptible désordre.

Un formidable silence enveloppait à présent Agbigbo. Un silence qui lui paraissait aussi suave qu'un linceul de velours. Mais ses oreilles bourdonnaient encore des cris furieux de ses poursuivants et il lui semblait que l'air vibrait toujours du vacarme assourdissant des tambours, des grelots et hochets, qui l'avaient accompagné tout au long de sa course éperdue.

Epuisé, vidé de toutes ses forces mais rassuré sur son sort, Agbigbo cessa de courir. Petit à petit, il reprit son souffle et retrouva ses esprits.

Trop heureux d'avoir échappé à la mort certaine qui l'attendait s'il était tombé entre les mains de cette foule enragée, il ne pensait plus à ce trône illusoire qui avait failli lui coûter bien cher.

Mais il ignorait encore pourquoi ces gens lui en voulaient autant et ne parvenait non plus pas à s'expliquer les raisons de ce déchaînement de haine contre sa personne.

Certain que son précieux trésor avait dû tomber au cours de la folle course-poursuite, Agbigbo porta néanmoins instinctivement la main sur sa tête...

Alors, son sang se glaça dans ses veines et un long frisson d'horreur parcourut son être tout entier. Il venait de se rendre compte que le fameux trésor s'était, il ne savait par quel sortilège, transformé, en un... gros lingot de fer soudé à son crâne!

Et c'est seulement à ce moment qu'Agbigbo-Niwonran comprit qu'il était victime du châtiment des Orishas dont il avait provoqué la colère en offensant Orunmila, le prince des devins, le représentant d'Ifa sur terre.

Désespéré, il poussa un long cri de terreur, un cri déchirant, inhumain, pareil à un râle d'agonie, qui se répercuta d'écho en écho, jusqu'au cœur de la forêt où il s'enfonça et disparut à tout jamais.

Contrairement à son frère jumeau, Aluko qui, à sa mort, fut métamorphosé en un bel oiseau porte-bonheur, la honte et la disgrâce achevèrent de transformer Agbigbo-Niwonran en un affreux volatile aux pattes grêles, portant sur la tête une lourde crête, dont le cri lugubre et maléfique s'entend parfois au cours des nuits sans lune.

Il est aussi devenu l'emblème maudit des devins corrompus qui utilisent leur science pour abuser leur clientèle et s'enrichir malhonnêtement, trahissant ainsi le serment fait à Ifa-Obarisha.

GLOSSAIRE

Afakan : « Vers qui devons-nous aller ? » ; autre partie du message codé d'Eshu.

Agbada : tunique ample, boubou.

Agbe : prénom ; c'est aussi le nom du touraco bleu, oiseau fréquemment mentionné dans la poésie d'Ifa.

Agbo : « Il est temps pour nous d'aller » ; partie du message codé d'Eshu chaque fois qu'il est sur le point de recevoir une offrande ou prêt à punir un homme capable d'une mauvaise action.

Apo : sac de voyage.

Aluko : prénom ; c'est aussi le nom d'un oiseau fréquemment mentionné dans la poésie d'Ifa.

Amsunlonkoégi : prénom signifiant à « Celui qui manie le bâton d'Oshun dans la forêt d'Onko ».

Amukanlode-Oyan : prénom signifiant « Nous sommes revenus d'Oyan avec celui-ci ».

Ashé : sorte de fluide magnétique donnant aux dieux qui le possèdent le pouvoir-de-faire-arriver-les-choses.

Babalawo : « Père des secrets » ; nom des prêtres-devins d'Ifa, principaux intercesseurs entre les dieux et les hommes.

Baalè : roi ou chef traditionnel d'une cité ou d'un village.

Balogun : dignitaire de très haut rang à Onko.

Colline d'Igeti : colline qui se trouve dans la ville d'Ife et où Ifa-Orunmila lui-même aurait vécu de nombreuses années avant de retourner au ciel.

Domaine d'Olokun : métaphore pour désigner le ciel ; en fait, Olokun est le nom de la déesse de l'océan, également appelée Yemaya ou Yemanja.

Eshu : dieu de la justice, détenteur de l'ashé, ou Eshu-Odara, « Eshu le faiseur de miracles ».

Eshu-yangi : petits cônes en latérite que l'on trouve sur les marchés du pays yoruba et qui servent d'autel à Eshu.

Gongo : interjection exprimant l'étonnement, la surprise, l'enthousiasme.

Graines de njamati : graines de sésame.

Ifa ou Ifa-Obarisha : dieu de la divination et de la sagesse ; obarisha signifie « prince des orishas ».

Igami-Osoronga : nom métaphorique des sorcières ou ajè.

Iyéwa : prénom féminin, signifie « la mère est là ».

Ketou : ville située au nord du pays yoruba.

Noix d'orogbo : petite noix aux propriétés stimulantes.

Obaluayé ou Shanpona : dieu de la variole.

Oboléboogun : prénom signifiant « Celui dont la terre se nourrit comme d'un remède ».

Ogoni : nom d'une société secrète très puissante et très influente.

Ogun : dieu du fer et de la guerre.

Olorun : c'est le dieu suprême.

Olowo : roi de la ville d'Owo.

Olu Iwa : « Le Seigneur du Caractère » ; autre nom du dieu suprême Olorun.

Olumo : gigantesque rocher de granit situé à l'entrée de la ville d'Abeokuta.

Ondaaro : « Le roi d'Idaaro » (petite ville située à l'est du pays yoruba).

Ongoosun : « Le roi d'Igosun » (nord du pays yoruba).

Onko : ville située au nord de la rivière Oogun orishas : divinités yoruba.

Orisha Awo : autre nom d'Ifa.

Orisha Oko : dieu de l'agriculture.

Orunmila : autre nom d'Ifa, le dieu de la divination, mais dans le récit, il apparaît plutôt comme une sorte d'avatar dénomé « le prince des devins ».

Oruru: l'arbre tulipier.

Osanyin : dieu de la médecine et des plantes.

Oshé: nom yoruba du baobab (*adansonia digitata*).

Oshun : déesse de la beauté ; elle a la réputation d'être très généreuse.

Otun : petite ville située au nord-est du pays yoruba.

Owo : nom d'un des plus anciens royaumes yoruba.

Oya : déeese du fleuve Niger.

Oyan : ville située à proximité d'Oshogbo.

Shango : dieu du tonnerre et de la foudre.